Klarant Verlag

Der Autor *Martin Windebruch* ist verheiratet und stammt aus einer Familie mit ostfriesischen Wurzeln. Sein Großvater wurde in Rysum geboren. Er selbst hat im Rahmen seines Studiums zu dem Themengebiet »Ostfriesische Auswanderer« geforscht. So kennt er sich bestens zwischen Großem Meer und Krummhörn aus.
Für Martin Windebruch lag es daher nahe, seine Kriminalromane in Ostfriesland anzusiedeln und sich Geschichten auszudenken, die sich so, wie er sie beschreibt, eigentlich auch nur im Land hinter den Deichen ereignen können.

Martin Windebruch

Auricher Jubiläum

Brookmer und Jacobs ermitteln 9

Ostfrieslandkrimi

Klarant Verlag

Copyright © 2024 Klarant GmbH, 28355 Bremen
Klarant Verlag, www.klarant.de – www.ostfrieslandkrimi.de
ISBN: 978-3-96586-949-3
1. Auflage 2024
Umschlagabbildung: Klarant Verlag

Kapitel 1

Die Sonne stand noch niedrig am Himmel und ließ den Horizont in kräftigem Rot erleuchten. Die Silhouetten der Bäume am Ottermeer hoben sich deutlich von dem Morgenrot ab.

Jaantje Stapf streckte sich und gähnte.

»War doch zu lang gestern?«, fragte seine Frau Tanja neben ihm. Sie strich ihrem Mann liebevoll über die Schulter. In der freien linken Hand hielt sie die selbstaufrollende Leine, an der ihr Jack-Russell-Terrier lief. Dieser war ungeduldig zurückblickend stehen geblieben, weil es nicht weiterging.

»Ja schon«, brummte er. »Aber auch schön.«

Am Vorabend war er auf dem zwanzigjährigen Abiturtreffen seines Jahrgangs gewesen. Sie hatten hier am Ottermeer eine Gastwirtschaft gemietet und bis spät in die Nacht gefeiert.

»Du hättest auch noch im Bett bleiben können. Ich hätte auch alleine mit unserem kleinen Bär losgehen können«, sagte Tanja Stapf. Der Hund sah bei dem Wort »Bär« zu ihr und bellte.

»Ja, wir kommen ja schon«, sagte Tanja Stapf mit hoher Stimme.

»Du redest mit ihm wie mit unserem Sohn Aike, als er klein war«, brummte Jaantje, während sie weiter am Wasser entlanggingen.

»Tu ich nicht«, meinte seine Frau.

Er brummte nur etwas Unverständliches. Er war zu verkatert und müde, um das jetzt und hier auszudiskutieren.

Sie gingen die Uferstraße entlang, die sich aufspaltete. Nur einer der beiden Wege führte weiter am Wasser entlang. Dem Weg folgten sie.

Die Bäume wuchsen hier bis ans Wasser heran und stellenweise stand das Schilf recht hoch, sodass es Jaantje Stapf bis zur Hüfte reichte.

»Du, ich muss mal«, sagte Jaantje nach einem Blick über seine Schulter.

»Ja und?«, gab seine Frau zurück.

5

»Warte mal kurz«, meinte er und ging ans Ufer ins hohe Schilf.

»Jaantje!«, sagte seine Frau scharf. »Du kannst doch nicht …«

»Ach, stell dich nicht so an. Der Hund pinkelt da auch rein und es stört keinen der Badegäste«, meinte er. Er sah sich kurz um. Es war Sonntagfrüh und niemand war zu sehen.

Er begann seine Blase zu erleichtern und ließ dabei den Blick über den See schweifen. Dabei entdeckte er jemanden wenige Meter von sich entfernt im Wasser langsam auf sich zutreiben. Erschrocken drehte er sich von ihm weg, verlor das Gleichgewicht und fiel schließlich vornüber in den See.

»Jaantje!«, rief seine Frau schrill. Der Hund bellte.

Hier am Rand war das Wasser recht flach, das Ottermeer war an seinen niedrigsten Stellen vermutlich sowieso nur zwei Meter tief.

Jaantje Stapf krabbelte prustend rückwärts aus dem Schilf.

»Es tut mir leid«, sagte er, um sich bei dem Mann zu entschuldigen, den er erst jetzt richtig sah. Er hielt inne. »Jakob?«, fragte er.

Der Mann starrte ihn reglos mit leeren Augen an. Jaantje Stapf hatte so einen Blick vor einigen Jahren schon gesehen, als sein Vater gestorben war. Dieser Mann neben ihm war tot. Sein Blick war in weite Ferne gerichtet.

»Alles in Ordnung?«, fragte Tanja derweil und kam zu ihm ans Ufer.

»Ja, mir geht es gut. Tanja, ruf die Polizei«, sagte er.

»Was? Wieso? Oh«, sagte sie, als sie zu ihm kam und den Mann vor sich treiben sah. »Ist er …?«

»Ja. Ruf die Polizei an! Sag, wir haben einen Toten und … was für ein Schiet. Ich hoffe, ich habe ihn nicht angepinkelt.«

*

Kriminalkommissar Dr. Evert Brookmer stand nahe dem Meerwarthaus am Großen Meer in Südbrookmerland.

6

Es war ein ruhiger Sonntagmorgen. Die Surfschule hatte noch keinen Kurs so früh am Tag, und da es schon spät im Sommer war, waren auch nicht mehr so viele Urlauber hier.

Das Große Meer in Südbrookmerland war ein natürlich entstandener Niedermoorsee zwischen Emden und Aurich. Man sagte in Ostfriesland eigentlich zu jedem geschlossenen Binnengewässer Meer, während See normalerweise das endlose Wasser meinte, das die friesische Halbinsel umschloss. Für Außenstehende war das oft verwirrend.

Es wehte ein frischer Wind, obwohl die Sonne schien. Evert trug ein kurzärmeliges Hemd zu seiner Jeans und hatte ausnahmsweise nicht seinen üblichen Kurzmantel an, sondern eine dunkelblaue Regenjacke. Es sah zwar nicht nach Regen aus, doch hatte er die Jacke vor allem wegen des Windes mitgenommen.

Er war auf dem Weg, ein Ruderboot zu mieten, um damit ein wenig auf dem See zu fahren und anschließend durch die Kanäle zu schippern.

Sein schwarzer Labrador Retriever lief fröhlich neben ihm und hielt die Nase immer wieder in den leichten Wind.

Everts Telefon klingelte.

»Moin«, sagte er, ohne auf das Display zu sehen, wer ihn anrief.

»Moin, Evert«, meldete sich seine Kollegin Wiebke Jacobs. »Ich weiß, dass Sonntag ist, aber wir haben einen Fall.«

Er seufzte. Damit war der freie Tag beendet.

»Tut mir leid, aber du weißt ja, wie es ist. Für Mörder gelten keine Bürozeiten und für uns damit auch nicht.«

»Schon richtig«, sagte Evert. »Allerdings bin ich heute am Großen Meer.«

»Bist du mit dem Rad dort?«, fragte Wiebke.

»Ja, ich brauche sicher eine Dreiviertelstunde oder etwas mehr, um bis nach Aurich zurückzufahren. Dann erst können wir uns bei der Polizei treffen«, sagte er.

»Das ist Unfug. Ich sammle dich auf halber Strecke in Moordorf ein und wir fahren zum Tatort.«

7

»Gut, dann bis gleich«, sagte Evert und verabschiedete sich.
Er sah zu Fiete, der ihn neugierig musterte, beinahe als hätte
er ihn verstanden.

»Tut mir leid«, sagte Evert. »Die Bootsfahrt muss warten.«
Er streichelte seinem Hund über den Kopf.

Während sie beide zu Everts Fahrrad zurückgingen, wurde
der Hund immer aufgeregter. Er schien sich zu freuen, denn
wenn Evert mit dem Rad fuhr, konnte der Labrador Retriever
mal so richtig rennen.

Man muss sich über das freuen, was man hat, dachte Evert
mit Blick auf seinen Hund und schwang sich auf das Rad.

Es war nur eine kurze Fahrradfahrt nach Moordorf. Da, wo
die Neue Straße auf die Auricher Straße traf, gab es rechter
Hand eine größere Ansammlung von Geschäften.

Er bog rechts in die Ekelser Straße ein und fuhr auf einen
größeren Parkplatz. Hier gab es auch die Möglichkeit, sein
Fahrrad an einem entsprechenden Stellplatz anzuschließen und
in einigen Läden des täglichen Bedarfs einzukaufen. Moordorf
selbst war eine klassische Moorkolonie. Das hieß, dass der Ort
vornehmlich aus einer langen Hauptstraße bestand und kein
typisches Dorfzentrum besaß. Diese Ansammlung von Geschäften in einer Nebenstraße war das, was dem Dorfkern am
nächsten kam.

Er hielt an einem Fahrradständer an und schloss sein Fahrrad
ab. Evert musste nicht lange warten, da sah er bereits seine
Kollegin mit dem Wagen vorfahren, um ihn einzusammeln.

Als er den Hund in die Hundebox im Kofferraum gelassen
hatte, setzte er sich auf den Beifahrersitz.

»Moin«, begrüßte ihn Wiebke und fuhr wieder auf die Straße
Richtung Aurich.

»Moin«, gab Evert zurück. »Was haben wir für einen Fall?«

»Heute Morgen rief das Ehepaar Jaantje und Tanja Stapf an,
dass sie einen Toten am Ottermeer in Wiesmoor gefunden
haben. Klaas ist schon mit Tido hingefahren. Ein Krankenwagen war wohl auch vor Ort, es konnte aber nur noch der Tod
festgestellt werden.«

8

»Dann schauen wir mal, was Klaas herausfindet, bis wir da sind«, meinte Evert.

Klaas Behrends war ihr Kollege, der für die Tatortsicherung zuständig war.

Sie fuhren an Aurich vorbei nach Wiesmoor. Die Stadt war weithin als Blumenstadt bekannt, denn schon früh hatte man die Abwärme der damals noch mit Torf betriebenen Stromkraftwerke für die Beheizung von Gewächshäusern genutzt. Dann bogen sie auch schon in die Straße am Ottermeer ein und entdeckten das Dienstfahrzeug ihrer Kollegen. Wiebke parkte daneben am Straßenrand.

Sie stiegen aus und Evert ließ Fiete aus dem Auto. Der Hund sah sich neugierig um. Hier war Evert noch nicht mit ihm gewesen. Sicherheitshalber nahm Evert den Hund an die Leine.

Sie sahen ihren Kollegen Tido von der Schutzpolizei etwas abseits mit einem Mann und einer Frau stehen. Um die beiden herum lief ein kleiner Hund, den Fiete sofort neugierig beobachtete.

Evert nahm Fiete an die kurze Leine und sie gingen zuerst zu ihrem anderen Kollegen, Klaas Behrends.

Klaas hatte die Leiche offenbar mit einer Plane abgedeckt und packte gerade etwas in einen Beutel in seinem Tatortkoffer.

»Moin, Klaas«, sagte Wiebke, und er sah auf. Etwas umständlich kam er aus der Hocke hinauf und nickte den beiden zu.

»Moin«, sagte er. »Tut mir leid, dass ich dir deinen freien Tag versaue, Herr Doktor. Ihr wolltet Boot fahren, oder?«

»Ja, aber es ist schon in Ordnung«, sagte Evert und zuckte mit den Schultern. »Ist ja nicht dein Mordopfer, oder?«

»Nee«, stimmte Klaas zu.

›Herr Doktor‹ nannte Klaas Evert gerne, um seinen Kollegen ein wenig aufzuziehen. Evert hatte einen Doktortitel in Kriminologie, was aus Klaas' Sicht ein Unding war. Klaas störte nicht, dass Evert diesen Titel besaß, sondern dass es überhaupt Kriminalkommissare mit einem Doktor gab. Aus Sicht des altgedienten Polizisten musste man die Mörderjagd nicht derartig verkopfen, dass man dafür auch noch studierte.

9

»Wer ist das Opfer?«, fragte Wiebke ihren Kollegen.

»Jakob Tebben ist der Name des Mannes. Laut seinem Personalausweis ist er neununddreißig Jahre alt geworden. Gefunden wurde er heute Morgen in aller Früh von Jaantje und Tanja Stapf, die haben ihn auch identifiziert.«

»Sie kennen den Toten?«, fragte Wiebke.

»Ja, einer der beiden ist mit dem Toten zusammen zur Schule gegangen«, sagte Klaas. »Gestern Abend fand dahinten im Gasthaus wohl ein Treffen von einem Abiturjahrgang statt. Zwanzig Jahre ist deren Abitur her, und die haben die ganze Nacht gefeiert. Herr Tebben war genauso auf der Feier wie Jaantje Stapf. Aber da müsst ihr mit ihm sprechen, Tido kümmert sich gerade um Herrn und Frau Stapf. Ich habe mir den Toten erstmal angesehen. Das Ehepaar Stapf hatte sowohl den Krankenwagen als auch uns verständigt, doch da war nichts mehr zu machen.«

Während Klaas das sagte, zog er die über dem Toten ausgebreitete Plane etwas zur Seite. Der Verstorbene hatte ein ausdrucksloses Gesicht und wirkte auf Evert friedlich, beinahe entspannt.

»Gibt es offensichtliche Verletzungen?«, fragte Wiebke.

»Es sind keine direkt erkennbaren Verletzungen festzustellen«, erklärte Klaas. »Der Verstorbene trägt sein Portemonnaie noch bei sich, ebenso einen Schlüsselbund und ein Mobiltelefon.«

»Ist er vielleicht einfach betrunken ins Wasser gefallen?«, fragte Evert.

»Das ist möglich, Herr Doktor«, sagte Klaas. »Aber du weißt ja, wie es ist.«

»Wir müssen so einen Todesfall erstmal untersuchen, bevor wir sichergehen können, dass hier ein Unfall und kein Verbrechen vorliegt. Bevor hier eine Mordermittlung begonnen wird, muss aber erstmal ein reguläres Todesermittlungsverfahren eingeleitet werden«, sagte Wiebke wie zur Bestätigung von Klaas' Worten. Evert wusste, dass sie recht hatte, auch wenn es ihn seinen freien Tag kostete.

10

»Also gut, kannst du uns die Adresse des Mannes geben?«, fragte er Klaas.

»Einen Moment«, sagte der und schob sich seine Dienstmütze mit dem Unterarm auf seinem krausen grauen Haar etwas weiter hoch. Seine Hände steckten noch immer in den Latexhandschuhen, mit denen er den Toten untersucht hatte. Klaas zog aus dem Tatortkoffer eine Probentüte mit dem Portemonnaie des Toten und diktierte den beiden Ermittlern die Adresse auf dessen Personalausweis.

»Dr. Elias kommt vermutlich später, oder?«, fragte Wiebke, als Klaas fertig war.

Der Gerichtsmediziner aus Oldenburg brauchte meist ein wenig länger, um nach Ostfriesland zu fahren.

»Das weiß ich nicht«, gab Klaas zurück. »Er ist informiert und unterwegs. Aber es ist Sonntag. Sehen wir mal, wann er hier ist.«

»Er soll unbedingt einen Blutschnelltest durchführen, um zu klären, ob der Tote betrunken war«, sagte Wiebke.

»Ich erinnere ihn daran«, sagte Klaas.

»Dann reden wir mal mit dem Ehepaar, das die Leiche gefunden hat«, schlug Evert vor. »Vielleicht wissen die ja, was gestern Abend vorgefallen ist.«

»Macht das«, sagte Klaas. »Ich sehe mich hier noch etwas am Ufer um. Vielleicht findet sich ja noch etwas hier, das Aufschluss über das Schicksal dieses Mannes bringt.«

Sie verabschiedeten sich von Klaas und gingen zu ihrem Kollegen Tido, der bei dem Ehepaar stand.

»Moin, mein Name ist Evert Brookmer und das ist meine Kollegin Wiebke Jacobs. Wir sind von der Kriminalpolizei Aurich. Sie haben die Leiche entdeckt?«, fragte Evert, als er bei ihnen ankam.

»Jaantje Stapf, das ist meine Frau«, stellte sich der Mann den beiden vor. Seine Frau nickte ihnen zu.

Ihr Hund wedelte aufgeregt und versuchte eindeutig, Fietes Aufmerksamkeit zu gewinnen. Der schwarze Labrador Retriever schien aber dem kleineren Jack-Russell-Terrier wenig

11

Aufmerksamkeit zu schenken. Fiete setzte sich neben Evert und sah den anderen Hund abwartend an.

Währenddessen schilderte Jaantje Stapf, wie sie die Leiche gefunden hatten.

»Tja, und dann … Also, ich hab das Ihrem Kollegen schon gesagt: Ich hoffe es nicht, aber möglicherweise habe ich versehentlich auf den Jakob draufgepinkelt«, erklärte er. Bei diesen Worten wurde Jaantje Stapf rot.

»Ich glaub, das musst du denen nicht nochmal erzählen«, sagte seine Frau.

»Also, vielleicht«, meinte er. »Aber ich will auch nicht, dass die Polizei mich für den Mörder hält.«

Evert hob eine Augenbraue, verzog aber sonst keine Miene. »Das werden wir dem Gerichtsmediziner mitteilen«, sagte er. »Aber ich denke, Sie können unbesorgt sein, es sind deutlich mehr Indizien notwendig, um jemanden für den Mörder zu halten. Sie kannten das Opfer?«

»Ja, sicher. Das ist der Jakob. Also Jakob Tebben. Der war mit mir im Abiturjahrgang«, erklärte Jaantje Stapf und wirkte noch immer ganz erschüttert.

»Sie waren gestern auf einer Feier der ehemaligen Abiturienten?«, fragte Evert, als sein Gegenüber nicht weitersprach.

»Genau«, bestätigte Jaantje Stapf. »Also die Feier ging so ab sechs Uhr abends los und dann endete sie spät in der Nacht. Das weißt du besser, oder?«

Er sah zu seiner Frau. »Ja, du warst so gegen zwei Uhr zu Hause«, sagte sie. Mit Blick auf die Ermittler fügte sie hinzu: »Das ist vielleicht missverständlich. Mit zu Hause meine ich nicht unseren Wohnort. Wir wohnen in Greven im Münsterland. Das ist viel zu weit, um abends noch nach Hause zu fahren, also haben wir uns hier einige Straßen weiter eine Ferienwohnung für das Wochenende gemietet. Ich bin gestern schon gegen elf Uhr gegangen, weil ich ziemlich Kopfweh hatte und ja auch eh die meisten Leute nicht kenne. Das ist dann auf Dauer etwas anstrengend, lauter alte Geschichten zu hören über Ereignisse, bei denen man nicht dabei war.«

12

»Verstehe. Können Sie uns denn etwas zu Jakob Tebben erzählen?«, fragte Evert nun Herrn Stapf.

»Ach ja, der Jakob …«, meinte Jaantje Stapf. »Also ich war jetzt nicht so dicke mit ihm. Aber man kennt sich. Oder kannte, denn ich muss zugeben, dass ich seit dem letzten Abitreffen quasi nicht mit ihm geredet habe.«

»Ihr wievieltes Treffen war das gestern?«, fragte Wiebke.

»Das war jetzt unser zweites, zum zwanzigsten Jubiläum«, antwortete Jaantje Stapf. »Es gab auch eines zum Zehnjährigen. Aber zwischendurch ist das nichts geworden. Es leben aber auch noch viele hier in der Ecke, sodass sich einige der alten Cliquen eh so oft sehen, wie sie wollen.«

»Haben Sie gestern Abend mit Herrn Tebben gesprochen?«, fragte Evert.

»Nur kurz«, sagte Herr Stapf. »Er erzählte, dass er jetzt doch noch geheiratet hat. Den Namen der Frau weiß ich nicht. War keine von uns, also aus dem Jahrgang. Sie war auch nicht auf der Feier, soweit ich das verstanden habe.«

»Was meinen Sie mit ›doch noch‹?«, fragte Evert.

»Der Jakob ist schon so ein Dorfcasanova gewesen. Er hatte eine Art, da ließen Sie den besser nicht mit Ihrer Frau allein«, sagte Jaantje Stapf und lächelte traurig bei der Erinnerung.

»Haben Sie Herrn Tebben auch so empfunden?«, fragte Evert die Frau von Jaantje Stapf.

Ein Wagen fuhr dicht an ihnen vorbei und parkte bei den anderen Fahrzeugen. Evert sah, dass der Gerichtsmediziner Dr. Elias mit seiner Assistentin angekommen war. Tanja Stapf sah ebenfalls zu den Neuankömmlingen, bevor sie mit den Schultern zuckte und zu einer Antwort ansetzte.

»Ich habe ihn gestern nur kurz gesprochen, tut mir leid. Da kann ich gar nichts zu sagen. Beim ersten Ehemaligentreffen von Jaantjes Jahrgang bin ich wegen eines angeknackten Steißbeins ausgefallen. Da war Jaantje dann allein, und ich habe ihn erst nach seinem Abitur kennengelernt. Da hatte er mit Herrn Tebben keinen Kontakt mehr. Ich habe also nur

13

gestern ein paar Worte mit ihm gewechselt. Da wirkte er ganz nett, mehr nicht.«

»Verstehe«, meinte Evert. »Wirkte Herr Tebben denn gestern irgendwie besorgt auf Sie?«

»Wie meinen Sie das? Er hatte gute Laune.«

»Ich meine, ob er erwähnte, dass er Probleme hatte«, präzisierte Evert.

»Nee, der Jakob wirkte fröhlich und nett wie immer«, erinnerte sich Herr Stapf. »Das ist so einer mit einer freundlichen Art. Er gab einem immer das Gefühl, dass er genau zuhört. Ich war mir nie ganz sicher, ob das von Herzen kam, aber das soll jetzt nicht unfreundlich klingen. Er und ich sind halt nur nie Freunde gewesen, uns fehlten auch die Themen. Soll jetzt nicht so klingen, als mochte ich ihn nicht.«

»Teilen Sie Ihre Eindrücke ganz unbesorgt mit«, sagte Evert. »Es ist wichtig für uns, ein Bild des Verstorbenen zu bekommen. Wissen Sie, als was er arbeitete?«

»Ich glaube, er war als Immobilienkaufmann oder Makler beschäftigt«, meinte Jaantje Stapf und zuckte mit den Schultern.

»Gut, könnten Sie uns noch die Adressen von Leuten geben, die mehr mit ihm zu tun hatten?«, bat Wiebke.

»Nein, ich habe mit eigentlich niemandem aus der Stufe so richtig noch was zu tun«, sagte Jaantje Stapf. »Aber da kann Ihnen der Hilko sicher mehr helfen. Hilko Visser. Der hat die Feier organisiert. Der ist immer einer gewesen, der alles organisiert.« Er zog sein Handy heraus und diktierte ihnen die Kontaktinformationen von Hilko Visser.

»Haben Sie vielen Dank«, sagte Evert. »Wissen Sie, wann Jakob Tebben die Feier verlassen hat?«

»Nein, ich bin beim Aufräumen noch da gewesen. Das war so gegen zwei Uhr am Morgen. Ich habe ihn gegen zwölf noch gesehen. Daran erinnere ich mich, weil ich mal auf die Uhr gesehen habe.«

»Also zwischen zwölf und zwei muss er gegangen sein?«, schloss Evert. »Da sind Sie sich sicher?«

14

»Ziemlich.«

»Hat er gestern viel Alkohol getrunken?«, fragte Wiebke.

»Jakob? Nein, nicht, dass ich es bemerkt habe. Er hat etwas getrunken, aber das haben viele von uns. Er war jetzt nicht total zu, wenn Sie das meinen.«

Evert bedankte sich und sie verabschiedeten sich von den beiden Eheleuten. Anschließend gingen Evert und Wiebke noch einmal zu Klaas und der Leiche. Dr. Elias hatte seinen Tatortkoffer aufgeklappt und begutachtete den Toten.

Evert grüßte den Gerichtsmediziner und seine Assistentin. Die war neu und sah ein wenig bleich um die Nase herum aus. Vielleicht war dies hier ihr erster Toter. Evert wollte sie nicht darauf ansprechen, die Frau sah nervös genug aus.

»Sie sind ja früh hier, Dr. Elias«, bemerkte Wiebke.

»Sie hatten Glück, ich habe über das Wochenende eine Blockveranstaltung an der Jade-Hochschule in Wilhelmshaven gehalten. Normalerweise ist das nur in Oldenburg, aber der Bereich Medizintechnik hat da eine Kooperation mit unserer Universität. Da habe ich auch diese engagierte Studentin hier sozusagen zwangsverpflichtet, mir hier zu assistieren.«

Bevor der Gerichtsmediziner weiter ausholen konnte, fragte Evert schnell in die entstandene Pause, als Dr. Elias Luft holte: »Können Sie schon eine Aussage zur Todesursache machen?«

»Nun«, sagte Dr. Elias gedehnt. »Der Mann ist nicht durch das Wasser gestorben.«

»Sondern?«, fragte Wiebke.

»Das ist sozusagen noch etwas schwierig«, gab Dr. Elias zu. »Ich denke, wir können auf Grundlage der fehlenden Kennzeichen anderer Todesursachen erstmal pauschal von einem Herzstillstand ausgehen. Zudem können Sie hier an den Adern sehen, dass es ein Herzstillstand gewesen sein könnte. Doch das ist völlige Spekulation. Bevor er nicht auf meinem Tisch in Oldenburg liegt und sozusagen alles preisgeben konnte, will ich da kein Urteil sprechen.«

»Gut, wenn Sie sein Blut toxikologisch ausgewertet haben, sagen Sie sofort Bescheid«, bat Evert. »Irgendwie ist er

15

gestorben, aber es wäre wichtig zu wissen, ob es sich um einen Fall für die Mordkommission handelt oder nicht.«

»Natürlich. Sollte sich herausstellen, dass es sich um einen Unfall zum Beispiel im Zusammenhang mit sozusagen übermäßigem Alkoholgenuss handelt, informiere ich Sie zeitnah. Weitere Aussagen kann und will ich aber nicht tätigen, ohne den Mann sozusagen umfassend untersucht zu haben.«

Evert nickte und verabschiedete sich von dem Mann. Er ging mit Wiebke zurück zu ihrem Dienstwagen.

»Dann fahren wir jetzt zuerst einmal zur Meldeadresse des Opfers und sehen, ob wir seine Frau vorfinden, oder?«, fragte Evert seine Kollegin.

»Ja, sie muss informiert werden«, sagte Wiebke.

Das war etwas, das Evert bis heute nicht mochte, doch leider ein notwendiger Teil seiner Arbeit: Einem Menschen zu sagen, dass jemand Geliebtes tot war, wurde nie leichter.

Nachdem Evert seinen Hund in die Box im Kofferraum des Dienstwagens gelassen hatte, setzte der Ermittler sich auf den Beifahrersitz, und seine Kollegin Wiebke fuhr zur Adresse des Verstorbenen los. Sie brauchten gut eine halbe Stunde für die Fahrt nach Wallinghausen, einem östlich von Aurich gelegenen Stadtteil, der mehr ein eigener kleiner Vorort war.

Wiebke bog in die lange von Einfamilienhäusern gesäumte Straße Wallinghausener Gaste ein. Eine Gaste war ein Sandrücken, auf dem oft schon lange vor dem Bau der Deiche gesiedelt wurde, da man dort meist etwas höher lag. Häufig hatte man natürliche Erhebungen genutzt oder diese manchmal künstlich aufgeschüttet.

Von hier aus fuhren sie in eine lange schmale Straße ein, die in einem großzügigen Wendehammer endete. An diesem lagen die Einfahrten von vier Einfamilienhäusern. Die Gebäude um sie herum waren alle neueren Datums und unterschiedlich großzügige rot verklinkerte Bauten. Nur eines der Gebäude stach heraus, da es nicht rot verklinkert war. Der betonfarbene Bauklotz fiel eindeutig aus seiner Umgebung heraus. Der

16

Hausnummer nach handelte es sich bei dem Gebäude um die Meldeadresse des Opfers.

Sie parkten neben einem weiteren Wagen in der Einfahrt. Evert ließ Fiete aus dem Auto und der Hund sah sich neugierig um. In den umliegenden Gärten waren überall Kinder zu hören. Das Viertel erschien Evert wie einer der Orte, an den vor allem wohlhabendere Familien zogen, wenn sie mehr Platz benötigten. Man war zwar nicht mehr zentral in Aurich, aber doch noch nahe genug an allem dran und hatte Supermärkte und eine Grundschule direkt um die Ecke. Allerdings schien man hier auch auf seine Privatsphäre Wert zu legen, denn keiner der Gärten war einsehbar. Entweder gab es mannshohe Hecken oder aber dunkelgrüne und graue Kunststoffzäune, die jeden Blick abwehrten.

Evert und Wiebke gingen zur Haustür. Während in den anderen Gärten Kinder laut spielten, fiel Evert beim Betreten des Grundstücks dieses Hauses auf, dass dieser Garten absolut kurz geschnitten war und nichts herumlag. Die Büsche waren in geometrische Formen geschnitten und insgesamt wirkte das Ganze eher wie eine kleine Parkanlage.

Evert betätigte die Klingel. Es dauerte einen Moment, dann öffnete ihnen eine Frau Anfang dreißig. Ihre blonden Locken waren zu einem Zopf gebunden und sie trug enge Sportsachen. Ihre Wangen waren rot und sie schwitzte deutlich.

»Ja?«, fragte sie und sah etwas verdutzt von Evert zu Wiebke.

»Moin, mein Name ist Evert Brookmer, das ist meine Kollegin Wiebke Jacobs. Wir sind von der Kriminalpolizei Aurich. Wer sind Sie?«

»Feemke Tebben. Wieso? Was wollen Sie? Ist was passiert?«, fragte die Frau und ihr Lächeln gefror.

»Frau Tebben, in welchem Verhältnis stehen Sie zu Jakob Tebben?«, fragte Evert. Er nahm an, dass es sich um seine Partnerin handelte, doch zu seiner Arbeit gehörte nun mal die Gründlichkeit der Informationssammlung.

»Ich bin seine Ehefrau«, sagte Feemke Tebben langsam. »Was ist mit Jakob? Was ist mit meinem Mann?«

17

»Es tut uns aufrichtig leid, Ihnen mitteilen zu müssen, dass Ihr Mann heute Morgen tot im Ottermeer in Wiesmoor gefunden wurde«, erklärte Evert.

Die Frau öffnete leicht den Mund und schloss ihn. Das wiederholte sie mehrmals wie ein Fisch auf dem Trockenen. Es vergingen einige Sekunden, in denen niemand etwas sagte. Evert ließ ihr die Zeit. Die Informationen mussten verarbeitet werden, und für die meisten Menschen war es schlicht und ergreifend ein Schock, wenn ein Angehöriger derart plötzlich aus dem Leben gerissen wurde.

»Er ist tot?«, fragte sie entsetzt.

»Leider ja«, bestätigte Evert.

»Aber wieso?«, fragte sie, und Tränen begannen ihre Augen zu füllen. »Wieso ist er tot?«

Sie schniefte. Wiebke reichte ihr ein unbenutztes Taschentuch aus ihrer Jackentasche.

»Das wissen wir noch nicht genau«, sagte Evert vorsichtig. »Wir können ein Fremdverschulden zum jetzigen Zeitpunkt der Ermittlungen noch nicht ausschließen. Wir versuchen noch herauszufinden, was gestern geschehen ist. Frau Tebben, dürfen wir hereinkommen und Ihnen einige Fragen stellen?«

Sie schnäuzte sich und nickte. Ohne ein weiteres Wort ging sie in ihr Haus. Wiebke folgte ihr und Evert überlegte kurz, ob er den Hund draußen anbinden sollte. Er entschied sich, ihn besser mitzunehmen, da Fiete gut erzogen war. Frau Tebben konnte er schlecht fragen, sie war nicht mehr zu sehen.

Der Hausflur war großzügig geschnitten und vermutlich größer als Everts Wohnzimmer. Es gab im oberen Stockwerk eine umlaufende Galerie mit einem hellen hölzernen Geländer. Die Wände waren weitgehend holzvertäfelt und der Boden mit Parkett belegt.

Der Flur machte einen Rechtsknick und ging dann nahtlos in einen Wohn-Ess-Bereich über, von dem aus man den Garten sehen konnte.

Neben einem großen Fernseher und einer ausladenden Wohnlandschaft stand ein Küchentisch mit vier Stühlen. Auf dem Boden hinter dem Sofa war eine Matte ausgerollt.

Feemke Tebben setzte sich an den Küchentisch. Sie weinte immer noch. Evert sah sich um und entdeckte eine Packung Taschentücher, die er ihr reichte.

Sie nahm sie wortlos entgegen und schnäuzte sich ein paar Mal. Die Tücher ließ sie einfach auf den Boden fallen.

Als sie sich ein wenig beruhigt hatte, fragte Evert: »Seit wann sind Sie verheiratet?«

»Seit einem Jahr erst. Wir haben unsere Beziehung vor zwei Jahren begonnen. Er war immer in einer Beziehung und dann endlich war der Moment, wo ich ihm so richtig auffiel«, sagte sie und lächelte. »Es war magisch. Ich kenne ihn schon seit acht Jahren durch gemeinsame Freunde. Aber dass ich mal mit so einem tollen Typen zusammenkomme ...« Sie schniefte.

»Wann haben Sie Ihren Mann das letzte Mal gesehen?«, fragte Wiebke.

»Gestern Nachmittag«, sagte sie. »Wir hatten endlich mal wieder einen Samstag zusammen. Er arbeitet viel, das wird bei seiner Arbeit verlangt.«

»Was arbeitete er?«, erkundigte sich Evert.

»Er ist Immobilienmakler bei der Firma Ukena Immobilien in Aurich. Da muss er oft auch mal am Samstag Besichtigungen machen, weil die Leute unter der Woche nicht immer Zeit haben. Die Kundschaft, die bei der Firma, in der mein Mann arbeitet, Immobilien kaufen will, ist etwas finanzstärker als der Durchschnitt, da wird das erwartet«, sagte sie.

»Und gestern war er mal wieder samstags zu Hause«, sagte Evert, um das Gespräch auf den vorherigen Tag zurückzulenken. »Da haben Sie Ihren Mann mal wieder gesehen.«

»Ja, genau. Er war so bis halb sechs zu Hause. Dann ist er nach Wiesmoor gefahren. Da ist das zwanzigjährige Abitreffen seiner ehemaligen Mitschüler gewesen«, sagte sie. »Ist er da gestorben?«

»Wir wissen es noch nicht«, erklärte Evert. »Er wurde tot aus dem Ottermeer geborgen. Es kann sich auch um einen Unfall handeln. Allerdings sind wir verpflichtet, so lange zu ermitteln, bis wir ein Fremdverschulden ausschließen können, und das werden wir auch.«

»Okay«, sagte Feemke Tebben und schluckte. »Ich kann es nicht glauben. Er ist weg. Ich habe mich ja gewundert, wo er heute steckt.«

»Haben Sie die Polizei angerufen?«, fragte Wiebke.

»Nein, wieso?«, gab Frau Tebben zurück. »Er wäre schon nach Hause gekommen. Ich dachte, er hat vielleicht zu viel getrunken und bei jemandem in Wiesmoor geschlafen. Einige seiner Klassenkameraden sind von weit her angereist und haben sich Ferienwohnungen da genommen.«

»Haben Sie gestern nochmal kurz Kontakt mit ihm gehabt? Haben Sie vielleicht noch telefoniert?«, fragte Wiebke.

»Ja, so gegen sechs Uhr hat er kurz auf meine Nachricht reagiert. Ich wollte hören, dass er gut angekommen ist«, sagte sie und griff sich ihr Handy vom Küchentisch. Sie zeigte den Ermittlern die Nachricht. Auf die von ihr geschriebene Frage hatte ihr Ehemann ein kurzes »Bin gut angekommen« geschrieben, woraufhin Feemke mit »Hab einen schönen Abend« sowie einem Herzsymbol geantwortet hatte.

Als sie nun diese Nachricht sah, zitterte ihre Oberlippe.

»Gab es etwas, das Ihrem Mann Sorgen bereitete oder ihn belastete?«, fragte Evert.

»Jakob? Ach, nein, er hat sich nie über irgendwas Sorgen gemacht«, sagte sie und lächelte. »Er war eher der optimistische Typ.«

»Neigte er zu risikoreichem Verhalten, wenn er getrunken hatte?«, fragte Evert.

»Er trank nur sehr selten wirklich mal etwas mehr, und dann war er eher der ausgelassene Kerl, der mit jedem redet«, sagte sie. »Nicht so einer, der Trübsal bläst oder aber versucht auf dem Tisch zu tanzen.«

20

»Sie können sich nicht erklären, was er abends noch am Ottermeer gemacht hat?«, fragte Wiebke.

»Nein, er war keiner, der unzurechnungsfähig wurde, wenn er etwas trank«, sagte sie. »Da hat er vorher immer aufgehört. Er war da sehr verantwortungsvoll.«

»Wenn Ihnen später noch etwas einfällt, das nun in einem anderen Licht erscheint, können Sie sich aber jederzeit bei uns melden«, sagte Evert und reichte ihr seine Karte. »Es könnte auch etwas seine Arbeit Betreffendes sein.«

»Ach, da war viel zu tun in letzter Zeit. Aber das war jetzt nichts Neues, er war immer fleißig und bereit, ein paar Überstunden zu machen«, sagte sie.

»Gab es vielleicht jemanden, auf den er sich gar nicht gefreut hat bei dem Ehemaligentreffen gestern?«, fragte Wiebke.

Feemke überlegte einen Moment und spielte mit der kleinen Papierkarte, die Evert ihr gegeben hatte. »Nein. Da müssen Sie einen der Anwesenden fragen. Er hat nichts dergleichen erwähnt.«

»Hatte er noch regelmäßigen Kontakt zu den Leuten aus seiner Jahrgangsstufe?«, fragte Evert.

»Im Gegenteil. Das war, glaube ich, das erste Mal seit dem letzten Treffen, dass er mit ihnen zu tun hatte. Aber das weiß ich nicht genau«, schränkte sie ein. »Wir kannten uns zwar seit einigen Jahren, aber zusammengekommen sind wir erst nach dem letzten Treffen. Was vorher war, kann ich natürlich nur so wiedergeben, wie er es mir erzählt hat.«

»Natürlich«, sagte Evert.

»Ich kann es nicht begreifen«, sagte Feemke Tebben erneut. »Wieso sollte ihm jemand etwas antun? Warum könnte ihn jemand töten?«

»Sie klingen recht sicher, dass er nicht ins Wasser gefallen ist und alles ein Unfall war«, sagte Evert.

Feemke Tebben musste schwer schlucken. »Ins Wasser gefallen«, wiederholte sie dann zaghaft.

»Zum jetzigen Zeitpunkt ist das gut möglich«, meinte Evert.

21

»Ich weiß es ehrlich nicht«, murmelte Feemke Tebben. »Ganz ausgeschlossen ist es nicht.«

Evert überlegte, ob er und Wiebke in diesem Fall ein Verbrechen vermuteten, wo vielleicht keines war. Das war möglicherweise ein Berufsrisiko. Wenn man lange genug Mörder jagte, sah man in jedem Toten ein Mordopfer.

»Nein, ich kann mir wirklich nicht vorstellen, dass er betrunken am See rumgeturnt ist«, sagte sie. »Er ist immer sehr ordentlich gewesen. Darum haben wir auch abgemacht, dass er entweder anruft und ich ihn abhole oder aber er dort übernachtet.«

»Gab es jemanden Konkretes, bei dem er übernachtet hätte?«, fragte Evert.

»Er meinte, er findet schon jemanden mit einem Sofa«, sagte sie. »Ich weiß nicht, wen er da im Sinn hatte.«

»Können Sie uns jemanden nennen, mit dem Ihr Mann Kontakt hatte wegen der Feier?«

»Ja, Hilko Visser hieß der, glaube ich«, erinnerte sich Feemke Tebben. »Ich könnte Ihnen aber jetzt keine Telefonnummer oder so nennen. Mein Mann hat nur von ihm geredet.«

»Herrn Vissers Adresse haben wir schon«, sagte Evert. »Wir werden dann mal zu ihm fahren und versuchen herauszufinden, was gestern geschehen ist.«

»Hatte Ihr Mann noch lebende Verwandte oder Angehörige, die informiert werden müssen?«, fragte Wiebke.

»Ja, sein Vater, Geert Tebben. Er ist im Moment in Spanien im Urlaub. Ich hab irgendwo seine Telefonnummer …« Feemke Tebben sah sich etwas verloren um.

»Es reicht, wenn Sie uns die Nummer später zukommen lassen«, sagte Evert. Er nahm an, dass diese Frau erstmal eine Weile brauchen würde, um den Verlust ihres Mannes zu verarbeiten. Jeder reagierte anders auf den Tod. Manche weinten still und leise für sich allein und andere wie sie wussten erstmal gar nicht, was sie tun sollten.

Als Evert und Wiebke aufstanden, sprang auch Fiete auf. Frau Tebbens Lippe zitterte.

22

»Was mach ich denn jetzt?«, fragte sie.

»Haben Sie Verwandte oder Freunde in der Nähe, die Sie anrufen können?«, fragte Wiebke.

»Ja, meine Eltern wohnen nur eine halbe Stunde von hier«, sagte sie.

»Dann sollten Sie darum bitten, dass sie herkommen und Sie nicht allein sein müssen«, schlug Wiebke vor.

»Wo ist mein Mann jetzt?«, fragte Frau Tebben unvermittelt, als hätte sie Wiebke nicht richtig zugehört.

»Er ist im Moment im Gerichtsmedizinischen Institut in Oldenburg«, erklärte Evert. »Dort versucht ein Experte zu klären, was mit Ihrem Mann geschehen ist. Sobald er fertig ist, wird man sich bei Ihnen melden und Sie zu sich bitten, um den Toten zu identifizieren und gegebenenfalls alles Weitere zu klären. Sie müssen sich jetzt erstmal noch um nichts kümmern. Rufen Sie Ihre Eltern an.«

Frau Tebben nickte. »Ja, ja, das mach ich.«

»Sagen Sie, Frau Tebben«, stellte Evert noch eine weitere Frage: »Wo waren Sie gestern Abend?«

»Ich war hier«, sagte sie.

»Die ganze Zeit?«, erkundigte sich Evert.

»Ja, ich habe etwas im Garten gemacht und dann ein ausgiebiges Bad genommen und danach gelesen.«

»Haben Sie am Abend noch mit jemandem telefoniert oder hat Sie jemand gesehen?«, fragte Evert.

»Nein, ich war die ganze Zeit allein«, sagte sie.

»Darf ich fragen, wieso Sie Ihren Mann nicht auf die Feier begleitet haben?«, erkundigte sich Wiebke.

Frau Tebben zuckte mit den Schultern. »Ich kenne niemanden dort und hatte keine rechte Lust mitzugehen«, sagte sie. »Bisher haben die Leute schließlich auch keine Rolle mehr im Leben meines Mannes gespielt … Denken Sie, ich hätte es verhindern können? Dass er … tot ist?«

»Nein, machen Sie sich bitte keine Vorwürfe«, sagte Evert. »Das wäre dann auch erstmal alles.«

23

Sie verabschiedeten sich von ihr und verließen das Haus. Nachdem Evert seinen Hund zurück in die Box im Kofferraum gesetzt und ihn ein wenig zwischen den Ohren gekrault hatte, setzte er sich auf den Beifahrersitz.

»Also dann zum Organisator der Feier«, sagte Evert.

»Vielleicht bekommen wir da ja auch eine komplette Liste der Gäste«, sagte Wiebke. »Solche Fälle sind immer ein logistischer Albtraum. All die Zeugenaussagen zu vergleichen …« Sie schüttelte den Kopf und startete den Wagen.

»Jedenfalls wäre es mir lieber, wenn wir dabei herausfinden, dass dieser Mann einfach nur Pech hatte«, meinte Evert.

»Für seine Frau macht es sicher einen Unterschied«, sagte Wiebke. »Allein schon für die Hinterbliebenen müssen wir die Wahrheit ans Licht bringen. Egal wie unschön sie vielleicht ist.«

»Das stimmt natürlich«, sagte Evert.

Kapitel 2

Die Ermittler fuhren nach Ihlowerfehn. Das war eine Fehnsiedlung, die nahe des vor langer Zeit aufgelösten Klosters Ihlow entstanden war und gegenüber dem Ihlower Wald lag.

Evert war hier schon ein paar Mal mit seinem Hund zum Spazieren gewesen.

Sie bogen in die Straße namens Am Ihler Meer ein. Hilko Visser wohnte in einem älteren rot verklinkerten Bau. Das Gebäude sah aus wie ein altes Kataloghaus, das bereits mehrmals mit Anbauten erweitert worden war. Sie fuhren in die Einfahrt des Hauses.

Evert ließ Fiete aus dem Auto, bevor er Wiebke zur Haustür folgte. Seine Kollegin hatte bereits die Klingel betätigt. Als Evert ankam, wurde im gleichen Moment die Tür geöffnet.

Eine Frau Anfang vierzig mit langen blonden Haaren, die ihr bis zur Hüfte reichten, stand im Eingang und sah neugierig, wer vor ihrer Tür stand. Sie trug ein langes blau-weiß gemustertes Kleid, das sich ein wenig an ihrer Hüfte spannte.

»Ja, moin moin«, grüßte sie freundlich.

»Moin«, gab Evert zurück und stellte sich und seine Kollegin vor.

»Was wollen Sie denn?«, fragte die Frau.

»Wir wollen gerne mit Herrn Hilko Visser sprechen«, erklärte Evert der Frau.

»Wieso wollen Sie zu ihm?«, fragte sie nun deutlich weniger freundlich und sehr viel misstrauischer.

»Heute Morgen wurde ein Mann tot am Ottermeer gefunden. Er war auf einer Feier von ehemaligen Abiturienten«, sagte Evert. »Wir versuchen zu rekonstruieren, was in den letzten Stunden des Mannes geschehen ist, und soweit wir wissen, hat Herr Visser diese gestrige Feierlichkeit organisiert, richtig?«

»Ja. Wer ist tot?«, fragte sie. »Wer?«

»Jakob Tebben«, antwortete Evert.

»Oh Gott, nicht Jakob«, sagte sie.

»In welchem Verhältnis standen Sie zu Herrn Tebben?«

25

»Er war mit in meinem Abijahrgang. Mein Name ist Enke Visser. Aber kommen Sie doch rein. Mein Mann ist im Garten«, sagte sie.

Sie folgten der Frau durch einen langgezogenen Hausflur, der zweimal abknickte, einmal rechts und dann wieder links um eine Treppe herum. Dahinter ging es in einen ausladenden Wintergarten, der aus dunklen schweren Holzbalken gebaut worden war und durch eine Balkontür den Blick auf eine Terrasse mit sechs unterschiedlich großen Gartenstühlen freigab. Auf einem davon saß ein Mann Anfang vierzig und sah konzentriert auf den Bildschirm eines Laptops, den er auf den Knien trug. Er sah auf, als er die beiden Fremden bemerkte.

»Moin«, sagte er und fügte an Frau Visser hinzu: »Wen bringst du mir da?«

»Kriminalpolizei Aurich«, sagte Evert anstelle von Enke Visser und stellte sich und seine Kollegin Wiebke vor.

Am Ende des Gartens lag das Ihler Meer, wenn auch nur ein schmaler Streifen zu sehen war, bevor eine der Inseln im Binnengewässer bereits die Aussicht verbarg. So sah es eher aus, als läge hinter dem Haus ein Kanal.

Evert hatte vergessen, Fiete anzuleinen, der nun an ihm vorbei ein paar vorsichtige Schritte in den Garten machte.

»Und was wollen Sie?«, fragte Hilko Visser.

»Der Jakob ist tot«, sagte daraufhin seine Frau Enke, bevor Evert reagieren konnte. Fiete näherte sich dem Ufer des Gewässers.

»Welcher Jakob? Meier?«, fragte Herr Visser.

»Nein, Jakob Tebben«, versuchte Evert das Gespräch an sich zu ziehen. Frau Visser schien jemand zu sein, der gerne dazwischensprach. »Er wurde heute Morgen tot am Ottermeer aufgefunden.«

»Wurde er umgebracht?«, fragte Hilko Visser entsetzt. »Ich meine, wenn jetzt die Kripo hier steht …«

»Es ist unsere Aufgabe, genau das zu klären«, sagte Evert. »Sie wurden uns als der Organisator der Jubiläumsfeierlichkeiten genannt. Ist das richtig?«

26

»Das ist korrekt. Ich bin an den BBS in Aurich angestellt und kenne bis heute hier viele von uns, die in der Gegend geblieben sind. Da ich unser letzter Stufensprecher war, erschien es mir nur natürlich, dass ich mich darum kümmere. Unser letztes Treffen vor zehn Jahren hat ein guter Freund von mir noch mit organisiert, der auch aus unserer Stufe war. Doch der ist leider verstorben.«

»Das tut mir leid. Wir wüssten gerne, was gestern Abend passiert ist«, sagte Evert. Die BBS waren ihm ein Begriff, so wurden die berufsbildenden Schulen in Aurich abgekürzt.

»Tja, wir haben uns getroffen und gefeiert«, meinte Hilko Visser.

»Könnten Sie den Ablauf des Abends einmal grob zusammenfassen? Gab es ein Programm?«, fragte Wiebke.

»Ja, gut. Also wir haben uns so um sechs Uhr gestern getroffen. Da war offizieller Beginn und die meisten sind dann auch eingetrudelt. Gerade diejenigen, die etwas weiter weg wohnen, sind ja nur für die Feier hergekommen. Einige haben sich extra nahe dem Ottermeer auch Ferienwohnungen besorgt«, erklärte Hilko Visser. »Wir haben früher am Ottermeer gerne auch mal gegrillt, als wir noch alle in der Schule waren. War ein schöner Ort für uns.«

»War Herr Tebben auch sofort um sechs schon da?«, fragte Evert. Er wusste zwar von Feemke Tebben, dass ihr Mann das behauptet hatte, doch wollte er sich des Zeitablaufes auch versichern.

»Ja, ich habe ihn direkt um sechs gesehen. Er ist früh da gewesen. Das war ungewöhnlich für ihn«, sagte er und lachte.

»Wieso?«, erkundigte sich Wiebke.

»Weil Jakob eigentlich immer einer war, der ein wenig zu spät kam und dann sehr lange blieb«, sagte Hilko Vissers Frau.

»Aber«, meinte Hilko Visser und hob dabei den Zeigefinger, »er ist immer früh genug abgehauen, um nicht mit aufräumen zu müssen. Da hat er immer den richtigen Moment abgepasst.«

»War das Samstagabend auch so?«, fragte Evert.

»Ja, gestern war er auch dann einfach irgendwann weg ...«, sagte Hilko Visser und kratzte sich am Kinn. »Sag mal, weißt du noch, wann er gegangen ist?« Er sah zu seiner Frau.

»Nein, keine Ahnung. Irgendwann war er weg. Aber wir sind auch nie sonderlich dicke miteinander gewesen, von mir hätte er sich nicht verabschiedet.«

»Das stimmt«, bestätigte Hilko Visser. Er sah zu Evert. »Sie sollten mal mit Markus Ulferts reden. Die beiden haben sich immer gut verstanden. Ich glaube, die haben auch immer mal sporadisch Kontakt gehalten.«

»Das machen wir. Sie wollten den Ablauf des Abends beschreiben«, erinnerte ihn Evert.

»Ach ja«, sagte Hilko Visser und nickte. »Also, erstmal war bis acht Uhr einfach nur Ankommen und Reden. Es gab einen Sektempfang und ein paar Aperitifs. Dann um acht gab es Essen, da haben wir in einem Raum ein Buffet vom Cateringservice der Gaststätte aufgebaut. Gegessen wurde dann an den langen Tischen im Hauptraum. Da war auch genug Platz für eine Tanzfläche. Nach dem Essen gab es dann Musik. Später sind auch ein paar aus unserer Stufe zusammen aufgetreten, die haben extra was vorbereitet.«

»Ja, das war richtig nostalgisch. Gerd mit seiner Klampfe hat die Lieder von damals gesungen«, meinte Frau Visser. Herr Visser hob mahnend den Zeigefinger.

»Ich bin dran mit Reden«, meinte er, und seine Frau schwieg. Er überlegte kurz und schloss dann mit den Worten: »Ja, war es, und dann irgendwann so gegen zwei Uhr hat sich alles angefangen aufzulösen.«

»War Herr Tebben da noch da?«, fragte Evert.

»Nein, ich glaube nicht«, erklärte Herr Visser. »Ich war aber auch zwischendurch etwas abgelenkt, wegen Habbo Bendiks.«

»Was war denn mit dem?«, erkundigte sich Evert.

»Ach, Habbo Bendiks hat sich völlig abgeschossen. Wir haben ihn in einem Nebenraum untergebracht und immer mal Wasser zu trinken gegeben. Er ist halt nicht mehr zwanzig«, sagte Hilko Visser.

28

»So sieht er auch lange schon nicht mehr aus«, konnte sich seine Frau nicht verkneifen. »Trotzdem baggert er alles an, was einen Puls hat.«

»Tja, da war er nie so erfolgreich wie Jakob, oder?«, meinte Hilko Visser.

»Das ist wahr«, stimmte seine Frau zu. »Jakob war auch charmant.«

»Wie meinen Sie das?«, fragte Evert.

»Ach, Sie haben doch in jeder Stufe einen, der besonders gut mit den Mädchen kann. So einer war Jakob«, meinte Enke Visser. »Er hat schon vor dem Abi in der Stufe jede haben können. Das hat sich später wohl nicht geändert. Er hatte immer so eine Art, die vielen Frauen gefällt. Ist nicht meine Art gewesen. Ich mag es eher friesisch herb.« Sie zwinkerte ihrem Mann zu, der keine Miene verzog.

»Jo«, meinte er lediglich.

»Gab es Streit auf der Feier?«, fragte Evert.

»Nein, nicht, dass ich es mitbekommen habe. Wir waren beinahe neunzig Leute, da kann ich nicht ständig auf alle aufpassen.«

»Natürlich. Haben Sie aber vielleicht gestern Abend mal mit Jakob Tebben gesprochen?«, fragte Evert.

»Ja, er hat geheiratet. Hätte ich nicht gedacht. Er war nie so der Kerl fürs Heiraten und Sesshaftwerden. Aber vielleicht hat er ja letztlich nur die richtige Frau finden müssen.«

»Frauen gab es ja genug in seinem Leben«, meinte Enke Visser.

»Können Sie uns mehr darüber erzählen?«, fragte Evert.

»Worüber?«

»Über die Frauen in seinem Leben. Waren auf der Feier auch ehemalige Partnerinnen von ihm?«, führte der Ermittler seinen Gedanken aus.

»Sicher, da waren Nesa Coordes und Rabea Memenga. Mit denen hatte er was«, sagte Enke Visser.

»Vergiss nicht Tjake Hettinga«, warf ihr Mann ein. »Die waren auch mal zusammen.«

29

»Das stimmt, aber zählt das? Was war das? Ein Jahr in der Oberstufe? Wer weiß, ob da mehr als Händchenhalten lief«, sagte seine Frau.

»Das ist doch damals eine Ewigkeit gewesen. So wie er behauptet hat, lief da schon deutlich mehr«, meinte Hilko Visser und zuckte mit den Schultern.

»Ach, hat er geprahlt?«, wollte seine Frau wissen.

»So wie Jungs halt manchmal prahlen«, gab ihr Mann zurück.

»Hast du auch mit mir geprahlt?«, wollte seine Frau wissen.

»Nein, ein Friese genießt schweigend«, meinte er lediglich.

Evert sah, wie Wiebke sich eine Notiz machte. Offenbar wollte sie diese drei Frauen gezielt nach dem Toten befragen.

»Wissen Sie, ob Jakob Tebben sich gestern mit jemandem besonders lange unterhalten hat?«, fragte Evert derweil. Er nahm am Rande seines Sehfeldes wahr, dass am Ufer des Gartens ein roter Ball lag. Vor dem lag eine große Katze mit flauschigem Fell entspannt in der Sonne. Fiete machte einen Schritt auf die Katze zu.

»Nein, da müssen Sie Markus oder einen der anderen Gäste fragen. Ich war viel mit der Organisation beschäftigt«, erklärte Hilko Visser.

»Dann hätten wir gerne von Ihnen noch eine vollständige Liste der Gäste sowie auch die Kontaktdaten des Inhabers der Gaststätte«, bat Evert.

»Sicher«, gab Herr Visser zurück und stand auf, um in das Haus zu gehen.

Währenddessen kam Fiete der Katze immer näher. Diese sah ihn unentwegt an. Ihr Ohr zuckte.

Evert wollte seinen Hund schon zurückrufen, da sagte Enke Visser: »Wie wurde er denn gefunden?«

»Er wurde tot im Ottermeer gefunden«, sagte Evert. »Viel mehr ist bisher nicht klar. Wir warten noch auf den umfassenden Bericht des Gerichtsmediziners.«

»Also, er hat gestern schon ganz gut gebechert. Wir hatten einige, die sük besupen haben, wie meine Oma immer gesagt hat.«

30

»Es ist möglich, dass sich alles mit übermäßigem Alkoholgenuss erklären lässt«, stimmte Evert zu. »Aber das können wir jetzt noch nicht sagen. Was war Ihre Meinung von Jakob Tebben, wenn ich fragen darf?«

Fiete machte einen weiteren zaghaften Schritt auf die Katze zu. Sie schloss die Augen.

»Ach, er war so einer … Meine Mutter hat solche Kerle immer als fraulüümall bezeichnet. Sagt Ihnen das was?«

Evert zögerte kurz. Er verstand die Bedeutungsteile, aber brauchte einen Augenblick, um sich einen Reim darauf zu machen.

»Er ist ziemlich wild auf die Frauen in seiner Umgebung gewesen«, sagte Wiebke, und Enke Visser nickte.

In diesem Moment lenkte Fiete erneut sein Herrchen ab. Der Labrador Retriever machte einen weiteren Schritt und schnappte nach dem Ball.

Die Katze sprang auf. Ob sie ihn angreifen wollte oder nur erschrocken war, konnte Evert nicht sofort erkennen. Jedenfalls schlug sie nach Fiete. Der wich zur Seite aus und verlor am Uferrand seinen Halt. Er schlitterte mit einem kräftigen Platschen ins Wasser. Evert sprang auf. Während die Katze wegrannte und Frau Visser sie rief, eilte der Ermittler mit schnellen Schritten zum Ufer. Erst dachte er, dass Fiete vor Schreck vergessen hatte zu strampeln, denn der Hund konnte schwimmen. Doch dann sah er, dass Fiete gar nicht vorhatte, zum Uferrand zurückzuschwimmen. Er versuchte dem roten Ball zu folgen!

»Fiete, hierher«, rief Evert mit aller Autorität in der Stimme, zu der er fähig war. Evert war nicht unbedingt sauer auf den Hund, sondern hatte sich vor allem selbst erschrocken. Dennoch war er hier dienstlich, und da hatte sich der Hund nun mal zu benehmen.

Fiete sah beim Schwimmen über seine Schulter zu seinem Herrchen, warf dann einen letzten beinahe wehmütigen Blick dem Ball hinterher und schnappte noch einmal nach ihm. Er

31

erwischte den Ball und kam in schnellen kräftigen Bewegungen zum Ufer. Das war allerdings zu hoch und steil, um gut heraufzuklettern, sodass Evert ihm am Halsband etwas unsanft hinaufhalf.

»Wehe, du schüttelst dich jetzt«, sagte Evert, nahm dem Hund den Ball aus dem Mund und warf ihn in den Garten. Der Hund sah Evert an, als hätte er ihn verstanden, und wartete ab, während sein Herrchen zurück zu Frau Visser ging.

»Es tut mir sehr leid«, sagte Evert, während Fiete sich in Ruhe schüttelte. Da jetzt keiner mehr direkt in seiner Nähe zu stehen schien, hatte er da keine Hemmungen mehr und schleuderte das Wasser nur so von sich.

»Ist gut, meine Katze hat sich, glaube ich, nur erschrocken«, sagte Frau Visser.

»Hier ist die Liste«, sagte Herr Visser, der in diesem Moment zu ihnen zurückkam. »Was ist denn passiert?«

Er fragte das an die Runde gerichtet. Wiebke nahm ihm das frisch ausgedruckte Papier mit den Namen und Adressen der Klassenkameraden ab. Eine Spalte war dazu gedacht zu markieren, ob sie kommen würden oder nicht. Bei manchen stand auch keinerlei Adresse, da sie nicht zu ermitteln gewesen war.

»Ach, der Hund ist ins Wasser gefallen«, informierte Enke Visser ihren Mann. »Ich habe dir ja gesagt, die Kante ist ziemlich steil. Allein wäre er da nicht rausgekommen.«

»Ja, und? Die Kinder sind aus dem Haus und bis unsere Enkel da reinfallen können, dauert es noch. Du weißt, dass Luisa nicht mal einen Partner hat. Ob das nochmal was wird mit Enkeln ...«, meinte Hilko Visser.

»Aber was ist, wenn Tiere aus der Nachbarschaft da reinfallen?«, fragte seine Frau dann.

»Dann ist mir das eigentlich egal, weil die hier in meinem Garten eh nichts zu suchen haben«, meinte Hilko Visser und zuckte die Schultern.

»Gut, das wäre dann erstmal auch alles von unserer Seite aus«, sagte Evert und zog eine Karte mit seiner Diensttelefonnummer darauf heraus. »Wenn Ihnen noch ein Detail zu

32

gestern Abend einfällt, scheuen Sie sich nicht anzurufen. Manchmal erscheint einem in der Rückschau etwas seltsam oder gibt einem zu denken. Machen Sie sich keine Sorgen, ob Sie uns stören. Rufen Sie uns einfach an und erzählen es uns. Wir entscheiden dann, ob es wichtig ist oder nicht. Vielleicht fällt Ihnen auch noch etwas dazu ein, wann er die Feier verlassen hat, das wäre auch sehr hilfreich.«

»Gut, das machen wir«, sagte Hilko Visser.

Evert ging mit Fiete um das Haus herum, um nicht mit dem nassen Hund eine feuchte Spur in den Wohnräumen zu hinterlassen. Vor der Haustür traf er Wiebke wieder.

»Ich geh ein kleines Stück mit Fiete, damit er etwas trocknen kann«, sagte Evert. Es war ein warmer Sonntag und der sanfte Wind würde zusammen mit dem Sonnenlicht das Fell des Hundes schnell trocknen lassen, da war sich Evert sicher. Ihn jetzt in seine Hundebox zu stecken, war sicherlich keine gute Idee.

»Ist gut. Ich setz mich schon mal ins Auto und frage Klaas, was er macht«, sagte Wiebke.

Evert ging mit dem Hund aus der Einfahrt heraus. Während er mit Fiete ein paar Schritte die Straße hinaufging, dachte Evert über den Fall nach.

Noch immer war ungeklärt, ob Jakob Tebben einfach nur durch einen tragischen Unfall zu Tode gekommen war oder ob jemand nachgeholfen hatte. Letztlich war nicht einmal eine Kombination aus beidem auszuschließen. Sollte Herr Tebben betrunken in das Ottermeer gefallen sein und ihm ein anderer Gast der Feier nicht geholfen haben, wäre das immer noch durchaus strafrelevant.

Während er nachdachte, sah Evert, wie Fiete zu einem großen alten Baum am Rande eines Grundstücks ging und ihn neugierig beschnüffelte.

Evert rief den Hund zu sich zurück und kontrollierte dessen Fell. Es war nicht ganz trocken, aber weitgehend. Also ging er zurück zum Dienstwagen und ließ den Hund in seine Box.

33

Dann setzte sich Evert zu Wiebke. Diese hatte ihr Telefonat offenbar schon beendet.

»Klaas sagt, er ist am Tatort mit allem fertig und an der Gaststätte gewesen. Da hat er auch das Auto des Opfers gefunden. Er wird das dann noch abspuren, es sieht aber nicht verdächtig aus. Die Gaststätte hat auch auf, aber dort hat man ihm gesagt, die Köchin und die Kellnerin vom Samstag sind heute nicht da, weil sie gestern spät noch gearbeitet haben. Darum gibt es sonntags in der Gaststätte nur Kuchen und Kaffee. Er hat sich ihre Kontaktdaten geben lassen. Die decken sich mit denen, die wir von Hilko Visser ja in der Zwischenzeit bekommen haben«, erklärte Wiebke.

»Wir sollten unbedingt mit ihnen reden«, sagte Evert. »Hoffentlich kann jemand Licht ins Dunkel bringen«, meinte Wiebke.

»Beginnen wir also beim Freund des Toten, diesem Markus Ulferts«, sagte Evert. »Dann sehen wir weiter.«

Wiebke startete den Motor und fuhr los.

Kapitel 3

Markus Ulferts wohnte laut der Liste, die sie von Hilko Visser bekommen hatten, in der Gemeinde Blomberg im Landkreis Wittmund. Das Dorf lag nördlich von Aurich. Sie fuhren die Mühlenstraße entlang und parkten in der Einfahrt eines Hauses, das direkt am Reihertief lag. Die Entwässerungsgräben und alten Tiefs durchzogen Ostfriesland überall und führten schließlich zu den Sielen, von wo aus das überschüssige Wasser bei Ebbe im Meer landete.

Markus Ulferts wohnte in einem älteren, rot verklinkerten Bauernhaus. Das Grundgebäude erinnerte an ein Nurdachhaus, das seinen Namen daher bekam, dass das Dach bis beinahe zum Boden heruntergezogen wurde, um Wind und Wetter möglichst wenig Angriffsfläche zu bieten. Hier allerdings hatte man die Wohnfläche im Dachgeschoss mit diversen Erkern erweitert und an einer Stelle einen größeren Balkon angebaut. Es gab unterschiedliche Bauabschnitte. Das Haus war sicherlich immer wieder erweitert und umgebaut worden.

Sie stiegen aus und Evert ließ den Hund heraus. Als sie zur Haustür gingen, öffnete bereits ein dicklicher Mann mit kurzen grauen Haaren, der ein ausgewaschenes T-Shirt und eine kurze Hose trug.

»Da können Sie nicht parken«, sagte er und deutete auf ihr Auto. »Das ist meine Einfahrt! Die ist nur für mich oder Gäste.«

»In dem Fall sind wir so etwas Ähnliches«, sagte Evert und zog seinen Dienstausweis, um sich und Wiebke vorzustellen.

Der dickliche Mann nahm den Ausweis entgegen. »Wat will denn die Kripo hier? Ist wer tot?«, fragte der Mann.

»Leider ja. Wer sind Sie?«, erkundigte sich Evert.

»Markus Ulferts. Sie stehen auf meinem Grund und Boden«, sagte der Mann.

»Herr Ulferts, es tut mir sehr leid, Ihnen mitteilen zu müssen, dass wir heute Morgen aus dem Ottermeer die Leiche von

Jakob Tebben geborgen haben. Soweit wir wissen, sind Sie befreundet gewesen«, erklärte Evert.

»Jakob ist tot?«, echote der Mann und hielt sich etwas am Türrahmen fest. Er schien einen Schlag bekommen zu haben. »Tot?«

»Ja, ist er«, bestätigte Evert.

»Das glaub ich nicht. Warum?«, fragte Herr Ulferts.

»Genau das wollen wir klären«, antwortete Evert. »Dürfen wir Ihnen ein paar Fragen zu gestern Abend stellen?«

»Ja, sicher. Aber nicht mit dem Hund durch das Haus. Sie gehen außen rum, ich bin eh auf der Terrasse zugange. Da können wir reden.« Er deutete auf einen gepflasterten Weg, der um das Haus herumführte.

Die beiden Ermittler folgten dem Weg, während Markus Ulferts wieder ins Haus verschwand und die Tür hinter sich schloss.

Der Weg führte die Ermittler hinter das Haus zu einem großen gepflasterten Bereich, der von einer hohen Hecke eingefasst wurde. Aus der Hecke stachen Dutzende Zweige hervor, sie war noch nicht ganz verwildert, aber sicherlich schon länger nicht mehr zurechtgeschnitten worden.

Hier, an einem größeren gedeckten Tisch, trafen sie Herrn Ulferts wieder. Neben dem Tisch stand ein breiter, gemauerter Grill. In diesem war bereits Kohle aufgeschichtet worden und mehrere kleine Anzünder brannten vor sich hin.

»So«, sagte Markus Ulferts. »Setzen Sie sich und fragen Sie. Ich hab nachher einige Freunde zu Besuch, dafür ist schon gedeckt. Wir feiern immer mal bei einem im Garten. Man sieht sich ja eh so selten.«

Als Evert und Wiebke sich auf die dem Mann gegenüberstehenden Stühle setzten, bemerkte der Ermittler, dass Markus Ulferts ziemlich feuchte Augen hatte. Er schien mit den Tränen zu kämpfen.

»Also?«, fragte Ulferts. »Was wollen Sie wissen?«

»Sie waren gestern Abend auf der Feier im Gasthaus am Ottermeer und haben da Jakob Tebben getroffen?«, erkundigte

36

sich Evert. Sein Gegenüber nickte, also fuhr er fort: »Haben Sie auch jenseits des Treffens Kontakt gehalten?«

»Nur sporadisch. Alle paar Monate hab ich ihn mal zum Grillen eingeladen. Manchmal ist er auch vorbeigekommen, hat eine Kiste Bier mitgebracht und wir haben uns unterhalten. Ich kann nicht so gut aus dem Ort raus, ich habe Verpflichtungen.«

»Welche, wenn ich fragen darf?«, wollte Wiebke wissen.

»Meine Mutter wohnt zwei Straßen weiter und leidet an verschiedenen Krankheiten. Aber ins Heim will sie nicht, und so ganz will sie ihre Tierhaltung auf dem Hof auch nicht aufgeben. Das rentiert sich alles nicht mehr, aber nun ja. So ist es halt. Ich habe mein eigenes Leben mit meiner Autowerkstatt hier gleich um die Ecke. Da kann ich nicht noch Nebenerwerbslandwirt sein, da werden Sie ja ganz blöd bei all den Bestimmungen«, erklärte er und schüttelte den Kopf. »Nee, das ist nichts. Aber da muss halt einer auf die gute Frau aufpassen. Und meine Tante lebt auch nicht weit von hier und die nimmt manchmal ihre Medikamente nicht. Ich hätte Krankenpfleger werden sollen, sag ich Ihnen. Vom Gemüt her muss ich das sowieso sein. So alte Leute sind ja sturer als ein Dreijähriger. Gut, dass ich mir nie Kinder angelacht habe.« Er zögerte und fügte lachend hinzu: »Zumindest, soweit ich es weiß.«

»Sie haben dann gestern Abend mit Jakob Tebben auch etwas geredet?«, fragte Evert, ohne auf die Bemerkung einzugehen.

»Hab ich.«

»Was hat er so erzählt?«, fragte Evert.

»Wie es ihm so geht. Er verdient ganz gut bei der Immobilienfirma, meinte er, und seine Frau nörgelt, dass sie vielleicht doch Kinder will. Ihre Uhr würde jetzt ticken. Jakob wollte aber nicht, so wie das klang. Wir haben so über dies und das Klönschnack gehalten«, erinnerte sich Markus Ulferts.

»Schien ihn etwas besonders zu belasten?«, erkundigte sich Wiebke.

»Nee, nicht, dass er das gesagt hat. Er war gut mit sich im Reinen. Ausnahmsweise war ja auch mal keine Frau auf ihn wütend.«

»Kam das öfter vor?«, fragte Evert. »Er hatte, soweit wir wissen, einige Ex-Freundinnen in Ihrer Stufe.«

»Ja, ach, er war schon einer. Das fing damals alles mit der Tjake an. Die waren kurz zusammen. Das hat aber nur ein Jahr oder so gehalten. So ist das ja in der Schule. Die erste Liebe ist wie das erste Auto, man muss erstmal fahren lernen, und dann merkt man, was man wirklich will. Jedenfalls war er dann während der Abiturzeit, glaube ich, mit Rabea zusammen.«

»Rabea Memenga?«, fragte Wiebke mit Blick auf die Namensliste.

»Korrekt.«

»Wie endete die Beziehung zwischen Herrn Tebben und Frau Hettinga?«, fragte Evert.

»Ach, einfach so. Ich weiß es nicht mehr. Aber das war halt so eine Pausenhofliebe«, meinte er. »Das mit Rabea hielt bis nach dem Abi. Doch er ist dann anderweitig beschäftigt gewesen und auf Dauer war das dann nichts. Er hat auf einem Scheunenfest dann wohl eine andere kennengelernt, und das Ganze endete tränenreich.«

»Wieso tränenreich?«, fragte Evert.

»Weil er vielleicht Rabea nicht ganz so deutlich klargemacht hat, dass es vorbei ist, bevor er angefangen hat, sich mit anderen Frauen zu treffen.«

»Frauen«, wiederholte Wiebke. »Plural?«

»Ja, er sah das eher wie ein Hufschmied. Man sollte immer mehrere Eisen im Feuer haben, damit man bei einem Fehler nicht ohne dasteht«, sagte er und lachte über seine Analogie. Wiebke verzog das Gesicht kein bisschen, was ihm unangenehm zu sein schien. Also fuhr er fort: »Tja, und dann war er erst mit einigen Frauen zusammen, die ich nie kennengelernt habe. Später sogar mal mit Nesa Coordes. Die haben sich auf dem zehnjährigen Abitreffen gesehen. Ich will ja nichts sagen, aber einige von den Damen unserer Stufe sind ja deutlich auseinandergegangen. Aber Nesa? Meine Güte! Die ist ewigsmoi, wie meine Oma sagen würde.«

38

»Gab es seit damals einen schwelenden Konflikt mit einer der drei Frauen?«, fragte Evert.

Markus Ulferts zuckte mit den Schultern. »Frauen sind ja immer ziemlich nachtragend. Schön war das alles nie. Er hat sich eigentlich immer eine neue Frau gesucht, bevor er der alten so richtig klargemacht hat, dass es vorbei war«, erklärte Herr Ulferts.

»Also fühlten sich Nesa Coordes und Rabea Memenga von ihm betrogen?«, fragte Evert.

»Ja, schon. Aber das ist alles ja Ewigkeiten her. Selbst das mit Nesa ist ja schon … ich glaube, fast neun Jahre her?«

»Wann hat er dann seine aktuelle Frau kennengelernt?«

»Feemke und er kamen vor zwei Jahren zusammen und haben dann nach einem Jahr geheiratet. Aber ich glaube, die kannte er schon länger. Die haben jedenfalls letztes Jahr eine sehr schöne Hochzeit gehabt. Auf der Evenburg in Leer. Waren Sie da mal?«

»Nein«, sagte Evert, doch Wiebke nickte.

»Ich schon«, sagte sie. »Ist sehr schön dort.«

»Ja, fand ich auch. Ich war ja auch da. War nur ein kleiner Kreis, so viele Verwandte leben nicht mehr, und Jakob hatte keine Geschwister. Seine Mutter hat sich schon vor vielen Jahren von seinem Vater getrennt. Ich glaube, die ist tot, das will ich aber nicht beschreien«, sagte er und kratzte sich am Kinn.

»Und sein Vater befindet sich im Moment im Ausland?«, erkundigte sich Wiebke.

»Der ist die meiste Zeit des Jahres in seiner Finca in Portugal. Nein, Entschuldigung, Spanien. Der lebt irgendwo da in Nordspanien an der Grenze zu Portugal. Gemeldet ist der, glaube ich, hier in so einer kleinen Wohnung in Aurich.«

»Vielen Dank. Wir müssen ihn noch über seinen Verlust informieren. Wenn Ihnen noch jemand einfällt, können Sie uns auch noch später Bescheid geben«, sagte Evert.

»Ja, klar. Muss auch nicht schön sein, so eine Nachricht zu überbringen«, meinte Markus Ulferts.

»Nein, aber es gehört zum Beruf dazu«, sagte Evert. »So ist es halt.«

»Jo, so ist es halt manchmal«, stimmte Herr Ulferts zu.

»Könnten Sie sich jemanden vorstellen, der ein Motiv hatte, Herrn Tebben zu töten?«, fragte Evert dann geradeheraus.

»Nein, kann ich mir nicht vorstellen. Ich meine, er hatte einige unsaubere Trennungen, wenn man so will. Aber töten? Er war Immobilienmakler, da geht es um viel Geld, aber auch da kann ich mir nicht vorstellen, dass jemand wegen des falschen Hauses so wütend wird, um ihm abends aufzulauern und ihn zu erschlagen«, meinte Herr Ulferts.

Evert korrigierte ihn nicht. Aus ermittlungstaktischen Gründen wollte er die Todesart lieber noch für sich behalten.

Herr Ulferts lehnte sich zurück und sah zu seinem Grill. Das Feuer hatte inzwischen die Holzkohle erfasst. Er blickte eine Weile in die Glut.

»Ich weiß es nicht. Wirklich nicht«, sagte er und schüttelte ein wenig den Kopf. »Was ist das nur für eine Welt? Ich hätte mich vielleicht öfter mal mit ihm auf ein Bier zusammensetzen sollen. Jetzt ist er weg.« Er verzog den Mund und fügte hinzu: »Aber das ist selbstmitleidig, das hat hier keinen Platz.«

»Es ist unserer Erfahrung nach immer ein Schock, der Tod eines Menschen ist immer schwierig für sein Umfeld«, sagte Evert.

»Ja«, meinte Herr Ulferts. Es klingelte an seiner Tür.

»Ach, das sind meine Kollegen. Hören Sie, ich will Sie nicht rauswerfen, aber ich muss jetzt zur Tür.«

»Das ist in Ordnung, wir haben auch vorerst nur eine weitere Frage«, meinte Evert. »Wissen Sie, wann Herr Tebben die Feier gestern verlassen hat?«

»Ich bin so gegen zwölf gegangen«, meinte er. »Da war er noch da, glaube ich.«

»Okay, danke«, sagte Evert und reichte ihm seine Karte. »Aber wenn Ihnen noch etwas einfällt, melden Sie sich. Gegebenenfalls melden wir uns bei Ihnen nochmal, wenn sich Nachfragen ergeben.«

40

»Ich bin immer hier«, sagte er. »Oder zwei, drei Straßen weiter.«

»Ist einer der von Ihnen geladenen Gäste auch mit Herrn Tebben befreundet gewesen?«, fragte Wiebke.

»Nein, leider nicht. Die sind alle hier aus dem Ort. Mit denen hatte er nichts zu tun«, sagte Markus Ulferts.

»Schade. Dann wünschen wir Ihnen trotzdem noch einen guten Sonntag. Trotz allem«, sagte Evert und verabschiedete sich. Sie gingen um das Haus herum. Als sie an der Tür ankamen, hatte Markus Ulferts gerade geöffnet und begrüßte seine Besucher. Elf Männer unterschiedlichen Alters standen vor der Tür und grüßten die Ermittler.

»Na, wer ist das, Markus?«, fragte einer.

»Hast du dir einen Anwalt geholt, um vorher zu klären, wie viel du trinken darfst, bevor es Ärger gibt?«, scherzte ein anderer.

Evert ließ Fiete in seine Box.

»Nee«, hörten sie beim Einsteigen in das Dienstauto die laute Stimme von Markus Ulferts. »Das war die Polizei. Ein Freund von mir ist wohl umgebracht worden.«

»So ein Schiet!«, sagte ein anderer Mann.

»Kannste aber laut sagen. Hier! In Ostfriesland!«, sagte Markus Ulferts. Dann schloss Evert die Beifahrertür und hörte den Mann nicht mehr. Everts Telefon klingelte und er nahm den Anruf entgegen.

»Moin, Herr Dr. Elias«, grüßte er den Gerichtsmediziner. Die Nummer des Gerichtsmedizinischen Institutes hatte er eingespeichert.

»Guten Tag, Herr Dr. Brookmer«, grüßte ihn dieser zurück.

»Sie baten ja um eine sozusagen unverzügliche Untersuchung des Verstorbenen.«

»Das ist korrekt. Haben Sie schon etwas herausfinden können?«

»Nun, ich habe natürlich sozusagen unmittelbar bei Ankunft im Gerichtsmedizinischen Institut einen toxikologischen Test angeordnet. Es handelt sich hierbei nur um einen einfachen

41

Schnelltest auf einige übliche Stoffe und Medikamente. Auf Grundlage meiner Erfahrung habe ich besonderes Augenmerk auf Stoffe gelegt, die das Herz betreffen. Meine erste Vermutung war, dass der Tote nicht an einer Alkoholvergiftung starb, sondern möglicherweise ein Herzleiden hatte.«

Evert wartete, während sein Gesprächspartner schwieg. Er kannte die etwas umständliche Art von Dr. Elias sich auszudrücken schon. Ihn zu hetzen half im Allgemeinen nicht.

»Was ergab der Test?«, fragte Evert. »War der Mann betrunken oder konnten doch äußere Einwirkungen festgestellt werden?«

»Nun, einen Alkoholeinfluss in nennenswertem Umfang können wir sozusagen ausschließen. Es ist definitiv ein Fall für die Kriminalpolizei.«

»Jakob Tebben ist ein Mordopfer?«

»Der Tote wurde aller Voraussicht nach ermordet«, bestätigte Dr. Elias. »Ich habe keine Spuren einer äußeren Fremdeinwirkung gefunden. Der Schnelltest seines Blutes ergab wie gesagt nur einen geringen Alkoholpegel. Mein nächster Gedanke war ein Herzinfarkt. Das ist für einen Mann ab seinem vierzigsten Lebensjahr leider sozusagen nichts Ungewöhnliches. Die meisten nehmen sozusagen eine deutlich höhere Stresstoleranz für sich selbst an, als sie tatsächlich besitzen. Doch einen natürlichen Herzinfarkt kann ich ebenso ausschließen wie Drogenmissbrauch.«

»Woran starb Jakob Tebben dann?«

»Mangels gut sichtbarer äußerer Merkmale habe ich eine schnelle Analyse seines Mageninhalts durchgeführt. Herr Tebben weist eine erhebliche Menge an Glykosiden sowie Digitoxinen wie Gitaloxin und Gitoxin in seinem Magen und auch Blut auf. Er wurde vergiftet.«

»Wo kommen diese Stoffe normalerweise vor?«

»Nun, Digitoxine finden sich in vielen Herzmedikamenten, und es wäre gut möglich, dass der Tote lediglich seine Medikamente falsch eingenommen hat. Allerdings spricht die Menge und Zusammensetzung der Stoffe dagegen.«

42

»Er wurde also damit vergiftet«, sagte Evert. »Da sind Sie sicher?«

»Es ist sozusagen sehr wahrscheinlich. Ein umfassendes toxikologisches Gutachten wird einige Tage in Anspruch nehmen. Allerdings habe ich eine interessante Idee zur spezifischen Zusammensetzung der Digitoxine. In derartigen Mengen sind diese normalerweise nicht in einem Medikament anzutreffen. Ich habe einen Kollegen aus der medizinischen Fakultät zurate gezogen, der meint, die Zusammensetzung spricht für eine Vergiftung mit Fingerhut.«

»Sie meinen die Pflanze Fingerhut?«, fragte Evert erstaunt.

»Korrekt. Ich kann aber versichern, dass die Digitoxine zu seinem Tod führten. Das Herz des Opfers begann zu rasen und schneller zu schlagen. Er dürfte sich unwohl gefühlt haben, bevor es dann einfach aufhörte zu schlagen.«

»Wie viel Fingerhut wäre nötig, um einen erwachsenen Mann umzubringen?«, fragte Evert.

»Da ist tatsächlich nicht viel nötig. Wir reden von vielleicht zwei bis fünf Gramm. Das ist eine doch recht kleine Menge«, erklärte der Gerichtsmediziner.

»Gut, sagen Sie, wissen Sie, wie Fingerhut schmeckt?«, fragte Evert.

»Sie meinen, ob er sozusagen über die Nahrung vergiftet wurde?«, wollte Dr. Elias wissen.

»Ja, zum Beispiel. Sie sagten ja, dass Sie es in seinem Magen gefunden haben.«

»Laut der von mir konsultierten Fachliteratur besitzt Fingerhut einen sozusagen bitteren Geschmack und die gesamte Pflanze ist potenziell giftig, wenn auch in unterschiedlichem Grad. Inwieweit sich dieser Geschmack mit Nahrungsmitteln übertünchen lässt, kann ich leider so nicht sagen. Das ist dann nicht mein Fachgebiet.«

»Wie lange braucht das Gift, um zu wirken?«

»Nun, bei einer oralen Aufnahme ist alles möglich, von wenigen bis zu zweiundsiebzig Stunden. Aber aufgrund der Menge, die noch in seinem Magen war, nehme ich nicht an,

43

dass er lange vor letzter Nacht vergiftet wurde. Vermutlich irgendwann ab Samstagnachmittag. Möglicherweise bekam er erste Symptome wie den gesteigerten Herzschlag und das Schwitzen auf der Feier und schob diese sozusagen auf den Alkohol.«

»Gut, also alles spricht für eine Vergiftung über Nahrung und ab dem späten Nachmittag am Samstag«, wiederholte Evert. »Wo bekommt man Fingerhut denn her? So einfach im Laden kann man den doch nicht kaufen, oder?«

»Da irren Sie sich allerdings, Herr Dr. Brookmer. Der wächst sogar in vielen Gärten in unseren Breitengraden. Ich selbst habe eine Reihe von Fingerhutpflanzen im Garten sowie eine durchaus hübsch anzusehende Herkulesstaude. Allerdings möchte ich natürlich jetzt nicht sozusagen auf die Liste der Verdächtigen gesetzt werden, wenn ich bitten darf.«

»Nun, ich denke, da sind Sie vorerst sicher vor«, sagte Evert.

»Gut, das beruhigt mich«, sagte Dr. Elias. Er verabschiedete sich von Evert und legte auf. Evert fasste Wiebke in knappen Worten zusammen, was er vom Gerichtsmediziner erfahren hatte.

»Er wurde also vergiftet«, meinte Wiebke.

»Ja, und es ist anzunehmen, dass es über das Essen geschah«, meinte Evert. »Wir sollten also auf jeden Fall mit der Köchin reden.«

»Es ist zumindest eine Möglichkeit. Es sei denn, seine Frau hat ihn vorher schon zu Hause vergiftet und darauf gesetzt, dass er auf der Feier stirbt«, meinte Wiebke.

»Das ist auch gut möglich. Du weißt, dass statistisch gesehen Frauen eher zum Giftmord neigen als Männer«, sagte er.

»Trotzdem sollten wir uns nicht voreilig auf eine Ermittlungsrichtung festlegen und offen in alle Richtungen ermitteln«, sagte sie. »Es könnte jeder auf der Feier gewesen sein.«

»Wir müssen also mit allen reden«, sagte Evert und nahm sich den Zettel mit den Kontaktdaten, den Wiebke auf die Rückbank gelegt hatte. »Wo fangen wir da nur an? Einfach von oben durch?«

»Ich würde sagen, wir nehmen uns nach Markus Ulferts eine der beiden Ex-Freundinnen unseres Mordopfers vor. Dann arbeiten wir uns weiter durch, basierend auf dem, was wir von ihnen erfahren«, schlug Wiebke vor.

»Drei«, meinte Evert. »Es waren drei Ex-Freundinnen.«

»Wenn die erste wirklich zählt«, meinte Wiebke. »Es ist, finde ich, sehr viel glaubwürdiger, wenn seine letzte Freundin von vor vielleicht acht Jahren ihn umgebracht hat, als seine Freundin aus der Oberstufe. So sehr daneben kann er sich damals nicht benommen haben, dass man ihn nach zwanzig Jahren umbringt. Wenn es überhaupt damit zu tun hat und nicht mit etwas anderem.«

»Ich rufe jetzt mal bei der Köchin an. Wenn er vergiftet wurde, sollten wir zuerst mit dem Personal der Feier sprechen, oder?«, meinte Evert.

Wiebke nickte zustimmend. Er suchte sich die Nummer von der Liste, die sie von Herrn Visser hatten.

»Da geht keiner ran«, sagte Evert.

»Probier es später nochmal«, meinte Wiebke.

»Was hältst du davon, wenn wir uns chronologisch von seiner Vergangenheit bis in die Gegenwart vorarbeiten«, schlug Evert vor.

»Du denkst, es hatte doch mit den Frauen in seinem Leben zu tun und nicht zum Beispiel mit seiner Arbeit?«, fragte Wiebke.

»Mit seinen Arbeitskollegen können wir erst morgen sprechen«, sagte Evert. »Und klar kann es Zufall sein, dass er nach dem Ehemaligentreffen gestorben ist. Zeitliche Nähe von Ereignissen muss keinerlei Kausalität bedeuten. Trotzdem hoffe ich darauf, dass diese Frauen uns etwas mehr über ihn sagen können als vielleicht jemand, der nur mit ihm zur Schule ging und ihn dann alle zehn Jahre bei den Abitreffen gesehen hat.«

»Das ist ein guter Punkt«, stimmte Wiebke zu. »Sehen wir mal, wer heute überhaupt zu erreichen ist.«

45

Kapitel 4

Wiebke fuhr den Wagen in Richtung Aurich, während Evert die Nummer von Frau Hettinga wählte. Sie wohnte in Emden, und bevor sie sich nun auf den Weg machten, wollte er sich wenigstens versichern, dass sie zu Hause war.

»Moin, Frau Hettinga«, grüßte Evert und stellte sich vor.

»Was möchten Sie denn von mir?«, fragte sie, als er fertig war.

»Das würde ich ungern alles am Telefon besprechen, es geht um gestern Abend. Wir wollen Sie da als Zeugin befragen«, sagte Evert. Er wollte die Reaktion der Frau sehen, um sie besser einschätzen zu können. »Könnten wir heute noch kurz bei Ihnen vorbeikommen und ein paar Fragen stellen?«

»Ich war den ganzen Tag in Aurich eine Freundin besuchen und bin gerade noch mit ihr in der Eisdiele. Wenn Sie wollen, können wir uns auch bei Ihnen treffen. Ich könnte zur Polizeistation kommen«, sagte sie. »Ansonsten bin ich erst heute Abend zu Hause.«

»Wenn Sie für ein Gespräch in Aurich Zeit haben, wäre uns das sehr recht. Wir sind unterwegs«, sagte Evert und verabredete eine Zeit. Nachdem er aufgelegt hatte, fasste er Wiebke das Gespräch zusammen.

Als Nächstes versuchte er Rabea Memenga und Nesa Coordes anzurufen, doch beide gingen nicht dran.

In der Zeit fuhren sie nach Aurich zurück. Wiebke parkte den Dienstwagen auf dem Innenhof der Polizeiwache. Der rot verklinkerte Bau am Fischteichweg hatte im Innenhof einen großen Parkplatz für Dienstfahrzeuge und Autos der Polizisten. Heute war allerdings nur wenig Personal anwesend, denn es war Sonntagnachmittag.

Als sie ausstiegen und Evert den schwarzen Labrador Retriever aus dem Auto herausließ, merkte Evert, wie hungrig er eigentlich inzwischen war.

46

»Ich brauche dringend etwas zum Essen. Es ist schon deutlich nach Mittag und ich habe kaum gefrühstückt. Soll ich dir was mitbringen?«, fragte er seine Kollegin.

»Gehst du zu Oma Tieske?«, fragte Wiebke. Evert holte sich gerne seinen täglichen Kaffee beim Kiosk der alten Frau, die alle nur als Oma Tieske kannten. Es gab zwar eine gut ausgestattete Teeküche in der Polizeiwache Aurich, doch Kaffee bekam der Ermittler dort eher selten. Die Kaffeemaschine war die meiste Zeit kaputt.

»Nein, ich hoffe auf ein Fischbrötchen in der Altstadt. Wenn ich Glück habe, hat noch jemand auf«, gab er zurück. »Etwas Zeit habe ich noch, bevor Frau Hettinga kommt.«

Wiebke zögerte kurz.

»Wann hast du das letzte Mal was gegessen?«, meinte Evert.

»Ein Brot zum Frühstück. Ich wollte heute Morgen eigentlich früh mit dem Streichen meines Giebels anfangen, damit ich im Laufe des Tages noch nachbessern kann und etwaige Farbnasen wegbekomme«, gab sie zu. »Also gut.«

Sie schloss die Tür des Dienstwagens und folgte Evert und Fiete in Richtung der Altstadt. Sie mussten lediglich den Fischteichweg überqueren und dann konnten sie zwischen den Häusern hindurch zum Georgswall und von diesem aus durch eine schmale Gasse weiter in die Altstadt gehen. Evert steuerte recht zielgerichtet ein kleines Café an, das auch am Sonntagnachmittag mehr als nur Kuchen anbot und eine Theke für den Straßenverkauf besaß. Dort bekam man vornehmlich mit Fisch belegte Brötchen.

»Wenn du Glück hast, hält das Wetter ja und du kannst den Giebel in einigen Tagen streichen«, meinte Evert optimistisch.

»Du gehst davon aus, dass wir den Fall schnell lösen?«, gab sie zurück.

»Du nicht?«

»Ich bin da etwas realistischer in meiner Erwartungshaltung«, meinte Wiebke. »Wir haben eine ganze Abijahrgangsstufe voller Verdächtiger und keine Garantie, dass der Mord auch nur ein bisschen damit zu tun hat.«

47

»Es könnte mit seiner Arbeit zu tun haben, seinem Nachbarn, seiner Ehefrau oder irgendeiner Ex-Freundin aus dem letzten Jahrzehnt. So wie der Mann uns bisher beschrieben wurde, scheint er ja meistens seine Beziehungen beendet und neue begonnen zu haben, bevor er das so richtig seiner aktuellen Partnerin mitgeteilt hat.«

Wiebke lachte. »Ja, das stimmt«, sagte sie.

»Aber im Moment haben wir noch nicht mit allen Leuten gesprochen«, fuhr Evert fort. »Ich mache mir keine Sorgen darüber, wie das Puzzle zusammengehört, bevor ich nicht erstmal alle Teile gesehen habe.«

»Ich hoffe, du hast recht. Ich habe mir zum Streichen meines Dachfirsts ein Gerüst von einem entfernten Bekannten geliehen. Es kostete mich nur eine Spende an den Boßelverein Wybelsum. Aber wenn ich das jetzt einige Wochen da rumstehen habe, ist das auch nicht richtig. Die brauchen das ja auch wieder zurück.«

»Wofür?«, fragte Evert, während sie in die nächste Straße einbogen.

»Die renovieren in ein paar Wochen das Vereinsheim. Bis dahin ist das Gerüst für mich frei«, erklärte Wiebke.

Sie hatten die Straßentheke des Cafés erreicht. Viel Auswahl gab es nicht mehr, aber beide fanden sofort etwas, das ihnen zusagte. Evert bestellte sich ein Matjesbrötchen, während Wiebke ein Krabbenbrötchen nahm.

Fiete lief neben ihnen, während sie zurück zur Wache gingen. Der Hund sah vornehmlich zu Wiebkes Krabbenbrötchen und weniger dahin, wohin er lief. Fiete war wie hypnotisiert und leckte sich immer wieder die Schnauze.

»Ich weiß nicht, ob ich dir was abgeben darf«, sagte Wiebke zu dem Hund, der ein hohes Jammern von sich gab, als Wiebkes und sein Blick sich trafen.

»Eine Krabbe wird nicht schaden«, sagte Evert. »Aber denk daran, dass er dann immer eine erwartet. Wenn es einmal klappt, geht er davon aus, dass es immer was wird.«

Als sie am Fischteichweg an der Ampel gegenüber der Polizei standen, warf Wiebke dem schwarzen Labrador Retriever eine Krabbe zu, die er aus der Luft fing.

Er schmatzte zufrieden, und als sie in die Polizeiwache hereingingen, bellte er, als Wiebke den letzten Bissen des Brötchens nahm.

»Siehst du, jetzt ist er enttäuscht, dass er nicht mehr bekommen hat«, meinte Evert. »Er ist langsam schon etwas verfressen.«

Evert ging in die Teeküche, um sich kurz die Hände zu waschen und anschließend einen neuen Zopf zu binden. Der Wind draußen hatte ihn zerzaust und er wollte seine langen Haare halbwegs in Ordnung bringen, bevor Tjake Hettinga hier war.

Wie aufs Stichwort konnte er den diensthabenden Polizisten von der Rezeption der Wache hören, der mit jemandem durch den Flur kam.

»… Ja, da hinten, das große Büro. Die beiden Kommissare sind gerade eben wieder angekommen.«

Als Evert in den Flur trat, sah er den Schutzpolizisten vom Eingang der Polizei mit einer Frau Ende dreißig in der offenen Tür zum Großraumbüro der Kriminalpolizei stehen. Evert folgte Tjake Hettinga und betrat hinter ihr das Büro. Er grüßte den Kollegen der Schutzpolizei, der den Gruß erwiderte und wieder ging. Tjake Hettinga hatte auffallend helles, blondes Haar, das ihr bis über die Ohren reichte. Ihre blau-weiße Bluse zeigte deutlich ihren Ausschnitt. Sie trug schmale silberne Ohrringe, die aus kleinen Ketten bestanden, die immer wieder blitzten, wenn das Licht auf sie fiel. Um den Hals trug sie eine silberne Kette mit einer einzelnen eingefassten Perle. Ob die echt war, vermochte Evert nicht zu sagen.

»Moin, Frau Hettinga«, sagte Evert und stellte sich und Wiebke vor. Währenddessen war sein Hund aufgesprungen und wollte sich die Frau genauer ansehen.

»Fiete, sitz. Da«, sagte Evert allerdings, und der schwarze Labrador Retriever machte ein schnaubendes Geräusch, setzte

49

sich dann aber wie angewiesen neben den Schreibtisch des Ermittlers.

»Bitte setzen Sie sich doch«, bot Wiebke der Frau einen Stuhl gegenüber ihrem Schreibtisch an. Evert zog sich selbst einen Stuhl herüber und setzte sich neben Wiebke.

»So, warum wollen Sie mich denn jetzt sprechen? Was ist passiert?«, fragte sie und lachte etwas nervös.

Evert kannte das durch seine Arbeit inzwischen gut. Manche Menschen wurden automatisch defensiv, wenn sie mit der Polizei zu tun hatten, andere völlig verunsichert.

»Frau Hettinga, Sie waren gestern auf der Jubiläumsfeier Ihres Abiturjahrgangs, richtig?«, fragte Evert.

»Das ist korrekt.«

»Wir müssen Ihnen leider mitteilen, dass Ihr Klassenkamerad Jakob Tebben heute Morgen tot aufgefunden wurde«, erklärte Evert. »Sie haben unser herzliches Beileid.«

»Jakob ist tot?«, gab sie zurück.

»Leider ja«, bestätigte Evert der Frau.

Ihre Augen füllten sich mit Tränen. »Er ist also tot«, murmelte sie und zog aus ihrer kleinen schwarzen Handtasche ein Taschentuch.

Evert wartete einige Augenblicke ab und sagte nichts, bevor er fortfuhr: »Uns wurde mitgeteilt, dass Sie früher mit ihm einmal in einer Beziehung waren?«

»Oh ja, das ist wahr«, sagte sie und lächelte traurig. »Das ist aber lange her. Wer hat das denn erzählt?«

»Wir befragen nach und nach alle Gäste der Feier gestern«, sagte Evert.

»Aber Sie glauben doch nicht, dass ihn einer von uns umgebracht hat? Doch nicht den Jakob!«

»Bisher kann ich dazu keine Aussage machen. Allerdings befragen wir vorrangig alle Gäste der Feierlichkeit, weil wir ein umfassendes Bild von Herrn Tebben haben wollen. Irgendjemand hat ihn umgebracht, und wir müssen wissen, wieso. Dafür ist es wichtig, so viel wie möglich vom Toten zu erfahren.«

50

»Ich verstehe, Sie wollen ihn kennenlernen und ein Gefühl für ihn bekommen«, meinte sie.

»So in der Art«, sagte Evert.

»Er war ein wunderbarer Mann. Meine erste große Liebe, wenn man das so sagen darf«, erklärte sie und lächelte.

»Haben Sie sich gestern auch etwas mit ihm unterhalten?«, fragte Wiebke.

»Ja, natürlich! Er war sehr erfolgreich bei der Immobilienfirma, in der er arbeitete, und er sah noch so gut aus. Er war kaum gealtert, finde ich«, sagte sie.

»Sprach er davon, dass ihn etwas belastet?«, fragte Wiebke.

»Nein, ihn doch nicht. Jakob war immer so optimistisch. Immer gut gelaunt.«

»Gab es Streit zwischen ihm und jemandem auf der Feier?«, fragte Evert.

»Nein, nicht, soweit ich mitbekommen habe. Es war ein wunderbarer Abend, alle mal wieder zu sehen und zu hören, was sie so treiben«, sagte sie.

»Haben Sie in den letzten Jahren Kontakt zu Herrn Tebben gehalten?«, wollte Evert wissen.

»Nein, leider seit vielen Jahren schon nicht«, sagte sie. »Damals hat Rabea ihn mir ja ausgespannt. Dadurch fing das alles an. Seit vielen Jahren hatten wir keinen Kontakt.«

»Das alles fing dadurch an?«, echote Evert fragend.

»Ach, Sie wissen das doch sicher schon. Er ist sehr unstet mit Frauen gewesen. Die Neueste hat sogar gewollt, dass er sie heiratet, aber wie lange das gehalten hätte?«, fragte sich Frau Hettinga.

»Inwieweit soll sein Verhalten die Konsequenz aus Rabea Memengas Taten gewesen sein?«, fragte Wiebke etwas überrascht.

»Na, die hat ihn mir damals ausgespannt und ihn total verunsichert«, erklärte Frau Hettinga. »Er ist ein sehr netter Mann gewesen, der leider tief im Innersten immer noch geglaubt hat, dass es immer noch etwas Besseres für ihn gibt. Das hat sie in ihm gesät, und am Ende ist er deswegen auch von ihr weggegangen und nie bei einer Frau geblieben. Es hat ihn rastlos gemacht, immer auf der Suche nach etwas mehr. Es ist tragisch, dass er sich offenbar nie mehr wirklich bei einer Frau so gefühlt hat, dass er bleiben wollte.«

»Hatten Sie noch Gefühle für ihn?«, fragte Evert direkt. Er hatte den Eindruck, dass diese Frau noch immer ein wenig für Jakob Tebben schwärmte, und wollte es genau wissen.

Ihre Wangen wurden ein wenig rot und sie senkte den Blick, bevor sie antwortete. »Vorgestern hätte ich Nein gesagt«, meinte sie und lächelte. »Aber nachdem ich gestern mit ihm geredet habe … Es war nur ein normales Gespräch. Aber da kam vieles wieder hoch. Das war vor zehn Jahren auch so. Er ist halt noch immer total charmant. Ich meine, er war …«

Sie begann erneut zu weinen. Evert gab ihr einen Moment. Sie beruhigte sich wieder und lächelte traurig.

Jakob Tebben scheint wirklich einen Eindruck bei ihr hinterlassen zu haben, dachte Evert.

»Es tut mir leid«, sagte Frau Hettinga, als sie aufgehört hatte zu schniefen. »Ich … es ist nur … Jetzt ist er tot und weg. Für immer weg.«

»Das ist nicht leicht«, stimmte Evert zu.

»Das ist so, wie wenn ein Stück der eigenen Vergangenheit weg ist. Auch wenn die Hälfte meiner Gefühle schon Ewigkeiten alt ist, aber man fühlt halt, was man fühlt.«

Evert nickte zustimmend.

»Wie lange waren Sie mit Herrn Tebben zusammen?«, fragte er.

»Vierzehn Monate in der zehnten Klasse bis in die elfte«, sagte sie und lächelte in trauriger Erinnerung. »Dann ging es auseinander. In dem Alter ist man ja noch sehr melodramatisch«, fügte sie dann hinzu und schien sich von der Erinnerung an damals zu lösen.

»Das ist richtig. Aber Sie haben noch starke Gefühle ihm gegenüber«, bemerkte Evert.

Sie lächelte. »Er war meine erste große Liebe. Das scheue ich mich nicht zuzugeben. Also ja, wenn Sie mir sagen, dass er tot ist, bringt das viele Gefühle hoch. So wie wenn man sich bei einem Ehemaligentreffen nach einem Jahrzehnt wiedersieht. Das ist auch eine Achterbahnfahrt der Gefühle, können Sie das nicht verstehen?«

»Doch, natürlich«, gab Evert zu. »Ich versuche mir auch nur ein vollständiges Bild zu machen. Dafür muss ich Fragen stellen.«

»Das verstehe ich«, sagte sie. »Es ist so furchtbar ... denken Sie nicht manchmal an Ihre erste große Liebe?«

»Das tut jeder manchmal, nehme ich an«, sagte Evert.

»Tja, und dann ist derjenige tot. Das ist ... darauf ist man nicht vorbereitet. Das ist was anderes, wenn jemand in Ihrem Umfeld stirbt, nachdem er gebrechlich und krank wurde. Da sind Sie drauf vorbereitet, da gewöhnen Sie sich an den Gedanken.«

»Das trifft einen sicherlich völlig unvorbereitet, und das verstehe ich. Wir geben unser Bestes, um diesen Mordfall aufzuklären. Wie lange waren Sie auf der Feier?«

»Ich war so bis zwölf oder halb eins da«, sagte sie. »Ganz genau weiß ich das nicht mehr.«

»Erinnern Sie sich, ob Herr Tebben da ebenfalls noch auf der Feier war?«, fragte Wiebke.

Tjake Hettinga zögerte, als sie nachdachte.

»Ja, er war da noch da.«

»Gut, vorerst wären das aber auch schon erstmal alle Fragen von uns. Wenn Ihnen noch etwas zu gestern Abend oder etwas anderes Jakob Tebben betreffend einfällt, melden Sie sich bei uns.«

»Ist gut. Ich hoffe, das alles klärt sich auf ... Darf ich ... darf ich auch etwas fragen?«

»Natürlich«, sagte Evert.

»Wie ist er gestorben?«, wollte sie wissen.

»Er wurde heute Morgen tot aus dem Ottermeer geborgen. Mehr kann ich dazu nicht sagen«, erklärte Evert. Er wollte keine Ermittlungsgeheimnisse herumerzählen.

»Also könnte er auch ertrunken sein? Es könnte ein Unfall sein?«, fragte sie.

»Nein, wir haben konkreten Anlass, von einem Mord auszugehen«, erklärte Evert. Er zog seine Karte, die er ihr reichte.

»Ich verstehe. Okay. Tja. Dann ... Alles Gute und viel Erfolg bei der Ermittlung«, sagte sie, stand etwas unsicher auf und tupfte sich mit einem Taschentuch die Tränen aus den Augenwinkeln.

Evert und Wiebke verabschiedeten sich von ihr und Evert begleitete sie noch bis zum Eingang der Polizeiwache. Als er zurück ins Großraumbüro kam, saß Wiebke bereits wieder an ihrem Schreibtisch.

Im Raum standen vier Schreibtische verteilt, einer für Evert, einer für Wiebke und einer für Klaas. Der vierte Tisch hatte Everts Vorgänger als Arbeitsplatz gedient und war inzwischen irgendwie zu einer Ablagefläche für Akten und Kisten verkommen.

Evert holte sich seinen Bürostuhl von Wiebkes Tisch zurück und setzte sich an seinen eigenen Schreibtisch.

»Also gut, was hältst du von ihr?«, fragte Evert.

»Was soll ich sagen? Jakob Tebben war ihr wohl wirklich wichtig. Wir sollten dann vielleicht heute noch mit Rabea Memenga sprechen«, meinte Wiebke. »Dann sehen wir, was wir an diesem Sonntag noch in Erfahrung bringen können.«

»Ich rufe kurz an, nicht, dass sie an einem Sonntag unterwegs ist«, sagte Evert und wählte die Telefonnummer, die auf der Liste von Herrn Visser stand. Es war lediglich eine Mobilfunknummer. »Es klingelt, sie geht aber nicht ran. Vielleicht hat sie es auf lautlos stehen«, sagte Evert.

»Dann lass uns zu ihr fahren«, meinte Wiebke.

Evert nickte und sah auf die Adressliste. »Ist vermutlich die schnellste Möglichkeit, Antworten zu erhalten. Sie wohnt ja mehr oder weniger um die Ecke, nahe der Auricher Stiftsmühle.«

»Gut, lass uns eben unser Vorgehen mit Klaas weiter besprechen«, sagte Wiebke und nahm ihr Diensttelefon. »Ja, moin,

Klaas. Ja, wir sind im Büro, aber wir wollen nochmal los zu einem der Gäste«, begann Wiebke und erklärte ihm ihre bisherigen Überlegungen.

Fiete, der neben Evert hin und her lief, schien unruhig zu sein. Er hatte begriffen, dass es gleich losgehen sollte, und verstand nun nicht, worauf alle warteten. Schließlich setzte er sich neben Evert und schnaufte. Er sah zu seinem Herrchen.

»Ist gut. Telefonierst du dann mit der Köchin der Gaststätte?«, sagte Wiebke schließlich und legte auf. »Klaas spricht erstmal mit einigen weiteren Gästen, die hier im weiteren Umfeld wohnen. Die Gäste, die eine Ferienwohnung am Ottermeer genommen haben, sind ja bereits abgereist. Er meldet sich, wenn er etwas Sachdienliches herausfindet.«

»Dann los«, sagte Evert und wie aufs Stichwort sprang Fiete neben ihm auf.

Wiebke und Evert verließen anschließend wieder das Dienstgebäude und fuhren los.

Kapitel 5

Die Stiftsmühle Aurich lag westlich der Altstadt von Aurich und war nur eine kurze Autofahrt von wenigen Minuten von der Polizeiwache entfernt.

Sie bogen in die Straße an der Stiftsmühle ein und parkten am Straßenrand.

Nachdem Evert seinen Hund herausgelassen hatte, sah er zu der hohen Windmühle, die hier im Westen Aurichs als weithin sichtbares Wahrzeichen stand. *Sie muss ungefähr dreißig Meter hoch sein*, überlegte Evert.

»Ist sicher eine gute Aussicht von da oben«, sagte er.

»Oh ja, die hat man. Ich war mal da, es gibt am Wochenende oft Führungen. Ist sehr interessant, die Mühle ist hundertsechzig Jahre alt«, erwiderte Wiebke.

»Da hat aber jemand gut aufgepasst bei der Führung«, meinte Evert.

Sie gingen zur Haustür eines kleinen Mehrparteienhauses. Das Klingelschild verriet ihnen, dass hier drei Parteien wohnten.

»Na, wann kann ich das sonst mal erzählen?«, meinte Wiebke. »Musst du dir auch mal ansehen. Die Aussicht ist toll.«

»Ich glaube, für Fiete wäre das nichts mit engen steilen Treppen«, meinte Evert, als er die Klingel betätigte.

»Dann lässt du ihn eben unten. Bist du gar nicht an der ostfriesischen Geschichte interessiert?«, fragte seine Kollegin.

»Doch, manches ist schon ziemlich spannend. Aber ich bin eher an der Gegenwart interessiert«, sagte er.

»Um die Gegenwart zu verstehen, muss man aber die Vergangenheit kennen«, gab Wiebke zurück, als der Türsummer ertönte und sie in den Hausflur ließ. Offenbar gab es keine Gegensprechanlage.

Hinter der Haustür lag ein kleiner rechteckiger Raum, von dem zwei Türen abgingen. Zusätzlich gab es in der einen Ecke des Raumes eine Wendeltreppe, die ins Obergeschoss führte.

56

Offenbar war dies früher mal ein Einparteienhaus gewesen, das man nachträglich zu weiteren Wohneinheiten umgebaut hatte.

Die eine der beiden Türen wurde in diesem Moment geöffnet. Eine Frau mit einem ähnlich kurzen Pixie-Haarschnitt, wie Wiebke ihn trug, kam in den Hausflur. Im Gegensatz zu Wiebkes blonden Haaren waren jene der Frau allerdings tiefschwarz.

»Moin«, sagte die Frau. Sie trug eine eng anliegende Jeans und ein T-Shirt, auf dem ein großes Logo aufgedruckt war. Evert erkannte das Logo des MTV Aurich, eines der ältesten Vereine in der Stadt, kam aber partout nicht mehr darauf, wofür MTV die Abkürzung war. *Irgendwas mit Turnen und Verein*, dachte er.

»Moin«, sagte er und zog seinen Dienstausweis, um anschließend sich und Wiebke vorzustellen. »Sind Sie Frau Rabea Memenga?«

»Das bin ich«, bestätigte sie. »Was will die Kripo von mir?«

»Wir befragen nach und nach alle Gäste des gestrigen Abiturtreffens«, erklärte Evert. »Wäre es möglich, dass wir kurz hereinkommen und Ihnen einige Fragen stellen?«

»Ja, sicher. Aber wieso?«, wollte sie wissen.

»Es ist jemand zu Tode gekommen, und es ist unsere Aufgabe, die Umstände des Todesfalls aufzuklären«, sagte Evert.

»Dann ist es also wahr, dass Jakob tot ist?«, murmelte sie. »Ich habe es schon von Enke Visser gehört, aber ihr nicht geglaubt. Vielleicht wollte ich es auch nicht glauben.«

»Leider ist es wahr. Dürfen wir den Rest drinnen besprechen?«, bat Evert.

»Natürlich. Dann kommen Sie bitte rein.«

»Darf der Hund mitkommen?«, fragte Evert.

»Wenn er sich benimmt, sicher. So süß, wie der schaut, kann ich da ja nicht Nein sagen«, meinte Rabea Memenga.

Sie öffnete die bisher angelehnte Wohnungstür und ließ sie in den Hausflur. Sie selbst blieb stehen, während die Ermittler durch den langgezogenen Hausflur gingen.

57

»Einfach gerade durch die Glastür auf die Terrasse. Da können wir sitzen«, sagte sie, während sie selbst noch die Wohnungstür verschloss.

Evert und Wiebke folgten der Anweisung und fanden auf der Terrasse einen großen rechteckigen Tisch mit sechs Stühlen vor. Sie setzten sich an den Tisch. An einem der Plätze stand ein geöffneter Laptop, den Rabea Memenga zuklappte, als sie hinauskam und sich den Ermittlern gegenübersetzte. An ihrem Platz stand eine dampfende Tasse Tee.

»Wollen Sie auch welchen? Ich habe eine Kanne schwarzen Tee in der Küche. Ist ganz frisch aufgesetzt«, bot sie an.

»Gerne«, sagte Wiebke, während Evert den Kopf schüttelte. Tee lag ihm nicht sonderlich, da war er ein sehr untypischer Ostfriese.

»Gut, einen Moment«, sagte Frau Memenga und war schon wieder durch die Terrassentür verschwunden. Während sie kurz weg war, sah sich Evert etwas im Bereich hinter dem Haus um. Der Garten bestand eigentlich nur aus der gepflasterten Terrasse und ansonsten aus größeren und kleineren Beeten, die mit Steinen eingefasst waren. Dazwischen lief ein verschlungener Kiespfad entlang. Jedes Beet war mit einer Reihe von farbenprächtigen Blumen bepflanzt.

»Kannst du irgendwo Fingerhut sehen?«, fragte Evert seine Kollegin.

Wiebke sah auch über die Schulter in den Garten.

Bevor sie antworten konnte, kam Frau Memenga mit einem kleinen Tablett zurück, auf dem ein dampfender Becher Tee sowie eine Schale mit Kandis und ein Milchkännchen standen.

»Ah ja, das ist mein Hobby«, sagte die Enddreißigerin, als sie die Blicke der beiden Ermittler als Bewunderung für den Garten missdeutete. »Ich verbringe hier viel Zeit mit den Blumen.«

»Jakob Tebben wurde heute Morgen tot aus dem Ottermeer gefischt«, kam Evert zum Thema zurück. »Es tut uns sehr leid. Wir haben gehört, dass Sie einmal in einer Beziehung mit ihm waren.« Während er sprach, hatte Rabea Memenga nach ihrem

58

Becher Tee gegriffen, hielt ihn aber nun unschlüssig mit beiden Händen fest.

»Er ist wirklich tot ... War es ein Unfall? Wenn er im Ottermeer ... ich meine, ist er ertrunken?«, fragte sie etwas unzusammenhängend.

»Die Ermittlungen laufen noch«, erklärte Evert. »Aber zum jetzigen Zeitpunkt können wir schon davon ausgehen, dass er nicht durch das Wasser zu Tode kam, sondern dass es Mord war.«

»Mord? Jemand hat ihn erschlagen?«, fragte die Frau und sah von Evert zu Wiebke.

»Zur Todesursache können wir leider keine Aussage machen. Es handelt sich um Täterwissen und muss vorerst polizeiintern bleiben«, sagte Wiebke, bevor Evert etwas antworten konnte.

»Sicher, ich verstehe. Aber das ist so unwirklich. Er ist tot«, sagte Rabea Memenga und schwieg einen Moment. Sie hielt ihren Becher noch in Händen, als hätte sie ihn vergessen. Jetzt allerdings sah sie zu dem Trinkbehälter, als wäre er ihr gerade wieder aufgefallen. Sie stellte den Becher ab.

»Er ist tot«, murmelte sie nachdenklich und offenbar mehr zu sich als zu den Ermittlern.

»Sie waren also gestern mit Herrn Tebben zusammen auf der Feier in der Gastwirtschaft am Ottermeer«, stellte Evert fest, nachdem die Frau einen Moment geschwiegen hatte.

»Das ist richtig, ja«, bestätigte Frau Memenga.

»Wann haben Sie die Feier verlassen?«, fragte Evert.

»So gegen halb eins, denke ich.«

»War Herr Tebben da noch da?«, fragte Evert. Von Herrn Ulferts wusste er ja, dass Jakob Tebben vermutlich um zwölf noch da gewesen war. Auch wenn es mühevoll war, mussten sie die Uhrzeit weiter eingrenzen.

»Das weiß ich nicht.«

»Versuchen Sie sich zu erinnern, wann Sie ihn das letzte Mal gesehen haben. Es wäre sehr wichtig für uns«, bat Evert sie.

Rabea Memenga schwieg.

»Ich denke nicht, dass es Ihnen hilft, aber ich weiß, dass er beim Buffet war. Das war aber so gegen acht Uhr. Da habe ich ihn gesehen.«

»Und danach? Haben Sie ihn vielleicht nochmal kurz gesehen?«, fragte Wiebke.

»Nein, tut mir leid.«

»Macht nichts. Vielleicht fällt Ihnen ja aber später noch etwas ein. Uns würde das sehr helfen«, sagte Evert.

»Okay«, gab Rabea Memenga mit Skepsis in der Stimme zurück.

»Sie waren früher mal mit Jakob Tebben zusammen, ist das korrekt?«, fragte Evert.

»Ja, wir waren damals ab der elften Klasse zusammen bis einige Zeit nach dem Abitur.« Sie lächelte versonnen bei der Erinnerung daran. »War eine schöne Zeit damals. Man hatte keine Sorgen. Wir dachten, uns gehörte die Welt, und wenn ich Jakob bitte, überreicht er sie mir.«

»Er war vorher mit Tjake Hettinga zusammen, richtig?«, erkundigte sich Evert.

»Ja, das stimmt. Wieso? Hat sie damit etwas zu tun?«, erkundigte sich Rabea Memenga.

»Wir versuchen, so viel wie möglich über den Verstorbenen in Erfahrung zu bringen, um ihn besser einschätzen zu können.«

»Dafür fragen Sie seine Schulfreundinnen nach ihm?«, fragte sie und lächelte.

»Wir befragen alle Leute, mit denen er gestern vor seinem Tod Kontakt hatte. Das sind in diesem Fall eben unter anderem seine Schulfreundinnen«, erwiderte Evert. »Frau Hettinga meinte, Sie hätten Herrn Tebben für sie verdorben.«

»Kramt sie so alte Geschichten raus«, sagte sie und lachte. »Ich hätte nicht gedacht, dass sie eine so schlechte Verliererin ist. Es ist doch so ewig her …«

»Erklären Sie das bitte genauer«, bat Wiebke die Frau.

»Ich habe damals viel Zeit mit Jakob verbracht, weil wir zusammen gelernt haben. Er und ich hatten beide den gleichen

Kurs, den Tjake nicht hatte. Tja, und irgendwas hat er halt in mir gesehen, das sie nicht hatte.« Sie grinste etwas verschmitzt.

»Hat Frau Hettinga das Herrn Tebben übel genommen?«, fragte Evert.

»Sie meinen bis heute?«, sagte sie. »Nein, das glaube ich nicht. Das ist doch zwanzig Jahre her, und Jakob konnte man schlecht böse sein. Er war halt, wie er war.«

»Allerdings hat auch diese Beziehung keinen Bestand gehabt, richtig?«, fragte Evert.

Ihr Lächeln gefror ein wenig, als sie säuerlich antwortete: »Das ist richtig.«

»Haben Sie noch Gefühle für ihn?«, fragte Evert.

»Ob ich für ihn Gefühle habe?«, gab sie zurück. »Na ja ... aber ich habe ihn nicht umgebracht, wenn Sie das wissen wollen. Nein.«

»Das habe ich nicht gefragt«, korrigierte Evert. »Ich wollte nur wissen, ob Sie noch immer Gefühle für ihn haben.«

»Wieder etwas mehr seit gestern«, gab sie zurück. »Wenn man sich wiedersieht, bringt das viel hoch. Er hat ja wohl jetzt eine andere Frau geheiratet.«

Evert bemerkte durchaus den Unterton in Rabea Memengas Stimme. Jakob Tebben hatte *eine andere Frau geheiratet ...* als sie.

»Wie endete Ihre Beziehung damals?«, erkundigte Evert sich.

»Wir kamen in der Oberstufe zusammen. Er war erst noch mit Tjake zusammen, aber auf der Klassenfahrt nach Groningen hat es dann so richtig zwischen uns gefunkt. Sie war ihm zu langweilig. Tjake ist ja Lehrerin geworden, und das war auch damals schon so ihre Art: anderen sagen, was sie tun sollen, und immer an die Regeln halten. Jakob wollte aber doch mehr, und das hat er in mir erkannt. Tja, und dann waren wir die nächsten drei Jahre zusammen, bis etwas mehr als ein Jahr nach dem Abitur. Er ist damals nach Leer an die Fachhochschule gegangen, um zu studieren. Das hat er dann abgebrochen und später eine Ausbildung bei einem Immobilienmakler

61

gemacht und, ich glaube, irgendwas an einer kaufmännischen Schule. Da waren wir aber nicht mehr zusammen.«

»Wieso hat die Beziehung geendet?«, wollte Evert wissen, der glaubte, die Antwort schon zu kennen.

»Ach, er hat da im Studium einige Frauen kennengelernt«, meinte Rabea Memenga. »Und ich war ja weit weg. Er hatte Bedürfnisse, da kann man sich denken, was passierte, oder?«

»Er hatte also Beziehungen zu anderen Frauen. Sie haben das toleriert?«, fragte Wiebke.

»Ich habe es toleriert«, gab sie zurück.

»Woran scheiterte die Beziehung dann?«, fragte Wiebke.

»Wir haben uns gestritten. Dann haben wir die Beziehung beendet«, sagte sie, und die Art, wie sie es sagte, ließ Evert zweifeln, dass es eine einvernehmliche Trennung im Guten gewesen war.

»Wissen Sie etwas über die Partnerinnen, die er danach hatte?«, fragte er allerdings. Er nahm an, dass weitere Nachfragen nach der damaligen Trennung erstmal nicht zielführend sein würden.

»Alles etwas billige Frauen, die er wechselte, wie man seine Kleidung wechselt«, sagte sie und klang ein wenig bitter.

»Kennen Sie Namen?«, erkundigte sich Evert.

»Nein, die habe ich mir nicht gemerkt. Das lohnte nie, sie haben so oft gewechselt.«

»Haben Sie noch Kontakt zu Herrn Tebben gehabt?«, fragte Evert.

»In den ersten zwei, drei Jahren nach unserer Trennung ja«, erinnerte sich Frau Memenga. »Dann ist der Kontakt immer mehr eingeschlafen. Es tat mir nicht gut und ich habe ihn nicht mehr sehen wollen. Wir haben uns dann bei den beiden Abiturjahrgangstreffen gesehen.« Sie schüttelte den Kopf. Das Ganze schien sie sehr zu beschäftigen.

»Belastet Sie die Trennung von damals noch heute?«, fragte er nun doch, da er ebendiesen Eindruck von seinem Gegenüber hatte.

»Im Studium hat Jakob neben mir noch zwei andere Frauen gehabt. Und als ich ihn darauf angesprochen habe, hat er die Dreistigkeit besessen, mich danach zu fragen, ob ich unsere Beziehung nicht weniger traditionell sehen wolle!«

Rabea Memenga wurde lauter, während sie sprach. »Und das Schlimmste …« Sie atmete tief ein und aus. Evert schwieg, während sie sich sammelte. »Ich hab ihm zugestimmt. Aber das hat mich einen Monat lang richtig fertiggemacht. Also habe ich mich von ihm getrennt. Aber …«

Sie schwieg und sah in ihre Teetasse. Evert wartete einen Moment, bevor er fragte: »Aber?«

»Er war ein guter Mann. Ein wirklich guter Mann. Ich hätte ihn manches Mal in den Jahren danach sehr gerne an meiner Seite gehabt. Jetzt habe ich nur zwei Katzen, die morgens im Bett neben mir liegen.« Ihre Lippe zuckte kurz bei diesen Worten. »Es wird nicht leichter als Frau, das kann ich Ihnen sagen.«

Evert nahm an, dass sie die Partnersuche meinte, und überlegte, was er sagen sollte, doch da fuhr sie schon fort: »Es ist trotzdem furchtbar traurig für mich. Er ist … ich meine, er war wunderbar. So wie er einem das Gefühl gab, das Zentrum des Universums zu sein. Bis man es dann nicht mehr war.« Sie lächelte wehmütig und ihre Augen schienen ein wenig feucht zu sein. Sie zog ein Taschentuch und tupfte sich die Augenwinkel, bevor ihre Schminke verlaufen konnte.

»Entschuldigen Sie, es ist nur so traurig, dass er weg ist. Egal was wir für Schwierigkeiten hatten, das wünscht man einem Mann doch nicht.«

»Natürlich«, sagte Evert. Er gab ihr einen weiteren Augenblick, bevor er mit Blick auf den Garten fragte: »Kennen Sie sich mit Blumen aus?«

»Ein wenig. Ich habe früher in der Gartenabteilung im Baumarkt an der Extumer Straße gearbeitet. Kennen Sie den?«

»Sind wir schon vorbeigekommen«, sagte Evert.

»Ich habe da viele Jahre die Gartenabteilung geleitet. Heute leite ich vier Filialen in ganz Ostfriesland. Ich bin jetzt nur

63

noch in der Verwaltung tätig. Das ist für meinen Rücken sicher besser, aber ich vermisse es, etwas mit meinen eigenen Händen zu machen.« Sie deutete auf den bepflanzten Garten. »Das ist mein Ausgleich. Das sind meine Babys, denen ich beim Wachsen und Gedeihen zusehe. Im Gegensatz zu echten Babys zerstören sie einem auch nicht die Figur und kosten kein Vermögen. Sie glauben ja gar nicht, wie einige aus meiner Stufe zu richtigen Muttchen geworden sind.«

Sie hatte einen abfälligen Tonfall angenommen. »Die Sarah Veenhusen zum Beispiel. Die hat inzwischen drei Kinder. Das sieht man ihrer Hüfte aber auch an. Jetzt hat sie Haus und Garten mit ihrem Mann. Mit Bausparvertrag. Die! Sarah fand früher schon regelmäßige Essenszeiten für alle in einem Haushalt zu bürgerlich und spießig!«

»Nun, die Leute ändern sich«, sagte Evert diplomatisch. Er hatte das Gefühl, einen wunden Punkt bei Frau Memenga angesprochen zu haben.

»Das können Sie laut sagen«, meinte die.

»Hatte sich Herr Tebben auch stark verändert?«, wollte Evert wissen.

»Nein, Jakob war wie eh und je. Etwas grau meliert an den Schläfen, aber immerhin noch mit Haaren.«

»Hatte er Kinder?«, erkundigte sich Evert. Irgendwie schien diese Frage Frau Memenga zu beschäftigen. Ob es nur ein eigener Kinderwunsch war oder aber mehr, wusste Evert noch nicht zu sagen. Nur weil Herr Tebben keine Kinder mit Feemke Tebben hatte, hieß das ja nicht, dass er bisher keine hatte.

»Nein, wollte er nie«, sagte sie und klang etwas traurig. »Er hat immer gesagt, es gibt genug Menschen auf der Welt. Früher habe ich ihm da zugestimmt ...«

»Aber heute?«, fragte Evert.

»Tja, man kommt ins Grübeln, wenn man bei solchen Gelegenheiten all die anderen Lebenswege und Entscheidungen der Leute sieht«, meinte sie. »Für mich wäre das dennoch eher nichts. Ich als Mutter? Dafür hätte ich eh keine Zeit. Die Entscheidung ist schon gut so, ich bin mit meinem Weg zufrieden.

64

Aber Jakobs Weg ist jetzt ja schon zu Ende. Man stirbt doch nicht einfach so mit vierzig. Ich hoffe, Sie finden seinen Mörder. Sowas ist ungeheuerlich. Ausgerechnet Jakob! Ich kann mir das gar nicht erklären.«

»Haben Sie sich eigentlich am Abend auf der Feier miteinander unterhalten?«, fragte Evert.

»Nur kurz«, sagte sie und ein Lächeln huschte über ihr Gesicht. »Ich habe ihn gefragt, ob es wahr ist.«

»Was?«, fragte Wiebke.

»Dass er jetzt wirklich geheiratet hat. Ich konnte es nicht glauben.«

»Hat er irgendwas erzählt, das jetzt vielleicht in einem anderen Licht erscheint? Etwas, das ihn beschäftigte?«, fragte Evert.

»Nein, Jakob wirkte glücklich, als er von seiner Frau sprach. Das, ach, das ist dumm. Aber es machte mich ein wenig eifersüchtig. Ich habe mich nicht lange mit ihm unterhalten.«

»Wir werden alles tun, was in unserer Macht steht, um den oder die Täter zu ermitteln«, versprach Evert und reichte ihr seine Karte. »Bitte melden Sie sich, wenn Ihnen noch etwas einfällt. Egal, ob es der Zeitpunkt ist, wann Sie Herrn Tebben das letzte Mal auf der Feier gesehen haben, oder aber vielleicht ein Detail, was er gesagt hat, das jetzt im anderen Licht erscheint.«

Wiebke trank den letzten Schluck aus ihrem Becher, während Rabea Memenga sagte: »Ja, natürlich.«

»Eine Frage noch, Frau Memenga«, bat Evert, als sie die Tür vom Balkon zur Wohnung für sie öffnete.

»Sicher«, sagte sie.

»Außer mit Ihnen war Herr Tebben auch noch mit Frau Coordes aus dem Abijahrgang zusammen, richtig?«, fragte Evert.

»Ja, mit Nesa hatte er mal was«, stimmte sie zu.

»Eine Affäre oder eine Beziehung?«, fragte Evert.

»Die waren ein Jahr oder so zusammen, nach dem letzten Abiturtreffen vor zehn Jahren. Er hat wohl Mitleid mit ihr gehabt. Er mochte sie immer und ihr ging es nicht so gut. Lange gehalten hat es jedenfalls nicht«, sagte Rabea Memenga, und das schien ihr zu gefallen.

»Wissen Sie, warum sie sich getrennt haben?«, fragte Evert.

»Nein, keine Ahnung. Das müssen Sie Nesa fragen.«

»Gab es noch weitere ehemalige Partnerinnen gestern auf der Feier?«, fragte Evert.

»Nicht, dass ich wüsste. Aber bei Jakob wusste man ja nie«, sagte sie und lächelte.

»Gut, das wäre dann erstmal alles von uns«, sagte Evert. Frau Memenga begleitete die beiden Ermittler nach draußen. Sie verabschiedeten sich und gingen zurück zu ihrem Dienstwagen. Während Evert Fiete in seine Box ließ, kraulte er den Labrador Retriever hinter den Ohren. Der Hund zog die Lefzen hoch, was für Evert aussah wie ein Lächeln. Dann schloss er die Hundebox und den Kofferraum, bevor er sich auf den Beifahrersitz setzte.

Wiebke startete den Wagen.

»Dann sprechen wir noch mit Frau Coordes. Laut der Liste wohnt sie in Moordorf«, sagte Evert und diktierte Wiebke die Adresse. Sie fuhren los.

Es war nun schon später Nachmittag.

»Ich weiß ja nicht, ob wir uns da nicht auf dem Holzweg befinden«, meinte Wiebke.

»So oder so haben wir dann erstmal alle seine Ex-Partnerinnen befragt, die gestern Abend mit ihm zusammen auf der Feier waren, und wenn man bedenkt, dass Frau Memenga einen grünen Daumen hat ...«, meinte Evert.

»Hältst du sie für verdächtig?«, fragte Wiebke.

»Ich gehe mal davon aus, dass sie sich als ehemalige Leiterin einer Gartenabteilung im Baumarkt zumindest ein wenig mit der Giftigkeit von Gartenpflanzen auskennt«, meinte Evert.

»Es würde helfen zu wissen, wie Herrn Tebben das Gift verabreicht wurde«, meinte Wiebke.

»Vielleicht findet Dr. Elias ja noch etwas heraus«, sagte Evert. »Ansonsten bleibt es bei uns, den Mörder zu finden.«

66

Kapitel 6

Sie fuhren nicht lange, bis sie in Moordorf ankamen. Hier in einer Seitenstraße der auch als Auricher Straße bekannten Bundesstraße 210 bogen sie ab.

»Sieh mal an«, murmelte Evert, als sie auf den Parkplatz vor dem Gebäude fuhren, das der Meldeadresse von Nesa Coordes entsprach. Sie parkten vor einem Blumenladen, über dessen Eingang ein großes Schild hing, auf dem in violetten geschwungenen Buchstaben stand: Coordes Blumen.

Evert und Wiebke stiegen aus, und nachdem Evert seinen Hund aus dem Kofferraum gelassen hatte, gingen sie zum Blumenladen. Der hatte an einem Sonntagabend natürlich geschlossen. Die zwei großen Schaufenster neben der Tür waren ausladend mit Blumen und Pflanzenkübeln befüllt. Evert und Wiebke sahen sich ein wenig um, bis sie entdeckten, dass neben dem Gebäude ein kleiner Weg zu einem Seiteneingang weiterlief. Offenbar war der vordere Teil des Gebäudes der Laden.

Die Haustür aus dunklem Holz hatte in der Mitte ein großes Buntglasfenster eingelassen. Die Tür wirkte massiv und alt.

Evert betätigte die Klingel.

Eine Weile geschah nichts und er war versucht, erneut zu klingeln, als jemand im Haus etwas rief und eine Bewegung hinter dem Buntglasfenster auszumachen war.

Eine Enddreißigerin mit langen braunen Haaren öffnete ihnen. Sie hatte die Haare zu einem unordentlichen Zopf gebunden und sah übernächtigt aus.

»Moin«, sagte sie.

»Moin, Kripo Aurich«, begann Evert erst seine Kollegin und dann sich vorzustellen. »Dürfen wir hereinkommen und Ihnen ein paar Fragen stellen?«

Sie nahm den Dienstausweis von Evert entgegen und betrachtete ihn einen Moment.

»Keine Dienstmarke?«, fragte sie.

67

»Nicht so eine, wie Sie aus amerikanischen Serien kennen«, bestätigte Evert. »Tut mir leid.«

»Ist ja nicht Ihre Schuld, wenn Sie meine Erwartungen nicht erfüllen«, meinte Nesa Coordes. »Aber was wollen Sie denn von mir? Hab ich was verbrochen?«

»Nein, wir müssen Ihnen ein paar Fragen zum letzten Abend stellen. Allerdings ist es Ihnen vielleicht lieber, wenn wir das in der Privatheit Ihrer Wohnung machen als hier draußen.«

»Hier draußen gibt es auch keinen, der lauscht«, meinte sie. »Aber kommen Sie ruhig rein. Wollen Sie einen Tee?«

»Nein, danke«, sagte Evert, und auch Wiebke lehnte ab.

»Darf der Hund mit herein?«, fragte Evert.

»Wenn er gut mit Kindern kann und sich benimmt«, sagte sie.

»Kann er und wird er«, sagte Evert.

Sie folgten der Frau einen kurzen Hausflur entlang, der einen scharfen Linksknick machte. Vor dem Knick gab es eine Tür, die der Haustür genau gegenüberlag. Durch die gelangten sie in ein Wohnzimmer.

Hier saß eine Frau, die Nesa Coordes wie aus dem Gesicht geschnitten war. Sie trug ihre Haare allerdings deutlich kürzer, sodass sie kaum über die Ohren reichten. Auf ihrem Schoß saß ein kleiner Junge von vielleicht vier Jahren. Als er Fiete sah, sprang er auf und kletterte vom Schoß der Frau, bevor diese reagieren konnte.

»Torbe, nein!«, sagte sie, und der Junge hielt inne.

»Das ist meine Schwester«, stellte Nesa Coordes die Frau vor. »Ada Fokke. Und der Kleine ist Torbe, mein Neffe.«

»Freut mich, Sie kennenzulernen«, sagte Evert und stellte sich und Wiebke erneut kurz vor.

»Wäre es möglich, dass wir Frau Coordes kurz allein sprechen?«, bat Wiebke die Frau.

»Ja, sicher. Wir gehen in den Garten, okay?«, fragte Ada Fokke ihre Schwester und deutete auf die Holzstühle, die auf der Terrasse hinter einem großen Fenster zu sehen waren.

»Klar.«

»Wie heißt du?«, fragte in der Zeit Torbe Fiete. Der Junge war zu dem Hund gelaufen und hatte sich vor ihn gestellt. Fiete betrachtete den kleinen Menschen durchaus neugierig.

»Sein Name ist Fiete«, sagte Evert.

»Er ist ganz vernarrt in Hunde«, sagte Ada Fokke über ihren Sohn in einem beinahe entschuldigenden Tonfall.

»Kannst du Stöckchen holen?«, fragte der Junge derweil den Hund und sah sich dabei um, als würde er einen Stock zum Werfen suchen.

»Wir lassen Sie dann mal in Ruhe«, sagte Ada.

»Kann der Hund mitkommen?«, fragte der Junge direkt an seine Mutter gewandt.

»Ich denke nicht«, meinte sie.

»Bitte, kann der Hund nicht mitkommen? Bitte?«, fragte der Junge, und es klang, als wollte er das Wort »bitte« wie einen Zauberspruch verwenden.

»Wenn Sie wollen, können Sie Fiete im Garten apportieren lassen«, bot Evert an. »Der Hund kann den Auslauf gebrauchen und apportiert liebend gerne. Er ist sehr friedliebend.«

»Nur wenn es keine Umstände macht«, sagte die Frau.

»Macht es nicht«, sagte Evert.

Er ließ Fiete von der Leine und die beiden gingen in den Garten. Evert begleitete den Hund zur Terrassentür. Die Frau fand einen Ast im Garten und reichte ihn dem Jungen.

»Hol«, rief der Junge und warf den Ast ein kleines Stück vor sich.

»Du musst ›Fiete, bring‹ sagen«, erklärte Evert.

Der Junge wiederholte die Worte mit einem feierlichen Unterton in der Stimme, und Fiete sah vom Jungen zu Evert.

»Los, ist in Ordnung«, sagte Evert, und Fiete rannte zum Ast, hob ihn auf und brachte ihn dem Jungen. Der kicherte vergnügt und nahm den Ast entgegen.

»Mama, wirf du! Weiter!«, bat er. Die Mutter warf den Ast einige Meter weit in den Garten, und Fiete rannte los, um ihn zu holen.

69

Evert wandte sich wieder Frau Coordes zu. »Vielen Dank, der Kleine liebt Hunde wirklich abgöttisch. Aber meine Schwester sagt, der Junge ist Arbeit genug. Da braucht sie nicht noch einen Hund.«

»Das kann ich verstehen«, sagte Evert. »Allerdings sollten wir jetzt besprechen, weshalb wir hier sind.«

»Ich bitte darum«, sagte Frau Coordes.

»Sie waren gestern auf der Feier der ehemaligen Abiturienten am Ottermeer, korrekt?«, fragte Evert.

»Das ist richtig.«

»Leider müssen wir Ihnen mitteilen, dass es zu einem Todesfall im Umfeld der Feierlichkeit gekommen ist. Herr Jakob Tebben wurde heute Morgen tot aufgefunden«, sagte Evert.

»Jakob ist tot?«, fragte sie erstaunt.

»Leider ja«, bestätigte Evert, »und wir ermitteln in seinem Mordfall.«

»Mordfall? Jemand hat Jakob umgebracht? Jemand von uns?«, platzte es aus Nesa Coordes heraus. »Das kann ich gar nicht glauben. Wir doch nicht!«

»Nun, im Moment müssen wir erstmal den Ablauf des gestrigen Abends klären«, schränkte Evert ein. »Aber ein Unfall ist weitgehend auszuschließen.«

»Ich verstehe. Also gut, fragen Sie, was Sie wissen müssen«, bat Frau Coordes.

»Haben Sie sich gestern mit Herrn Tebben unterhalten?«, begann Evert.

»Ein wenig«, sagte Nesa Coordes.

»Worüber?«, wollte Wiebke wissen.

»Dies und das. Wir waren früher mal zusammen, wenn auch nur kurz. Ich hab mich erkundigt, wie es ihm so geht.«

»Was hat er so erzählt?«, fragte Wiebke.

»Es schien ihm richtig gut zu gehen. Er hatte eine neue Partnerin. Welch Wunder«, sagte sie und lächelte traurig. »Er hatte nie › keine‹ Partnerin. So einer wie er ist nie lange allein.«

70

»Wie meinen Sie das?«, bat Evert sie, etwas ins Detail zu gehen. Zwar konnte er sich denken, was sie meinte, aber er wollte ihre Einschätzung hören.

»Tja, der Jakob war so einer, der immer sehr beliebt war bei den Frauen. So einer, der immer eine Frau links und rechts hatte«, sagte sie. »Keine Frau konnte ihn lange halten. Wir konnten nur seine Aufmerksamkeit genießen, und dann ... war er auch schon weg. So eine wie ich konnte ihn nicht lange halten.«

»Wie meinen Sie das, so eine wie Sie?«, fragte Wiebke.

»Ach, das soll jetzt nicht so negativ klingen«, meinte sie. »Aber ich bin ja eher jemand, der es bodenständiger mag. Ich habe den Blumenladen meiner Eltern übernommen und lebe hier gerne auf dem Dorf. Hier ist die Welt noch in Ordnung, wissen Sie? Es ist ein beschaulicher Wohnort, wo man Kinder rumlaufen lassen kann, ohne sich Sorgen zu machen.«

»Das war nichts für Herrn Tebben?«, fragte Wiebke.

»Also, er musste im Urlaub immer an exotische Orte fahren: Kreta oder die Malediven, immer weiter weg und rundum versorgt. Ich lebe ja schon an einem Ort, wo man Urlaub macht! Das brauch ich nicht. Und er hat auch so einen Charme besessen ... da kann so eine alte Frau vom Lande nicht mithalten.« Sie lachte, als hätte sie einen Witz gemacht.

»Die Beziehung endete dann?«, fragte Wiebke.

»Ja, ich habe sie beendet. Ist schon ewig her. Wir sind nach der letzten Ehemaligenfeier zusammengekommen. Es war sehr romantisch, die Musik auf der Feier, wir haben getanzt, und hinterher hab ich ihn aus einer Laune heraus zu mir eingeladen. Ich weiß nicht, warum, ich habe nicht gedacht, dass er mitkommt. Dann führte eins zum anderen und morgens beim Frühstück habe ich ihn gefragt, ob wir jetzt zusammen sind. Ich habe mich gefühlt wie in der Schule«, sagte sie und lachte erneut und lächelte. »Das hielt dann vierzehn Monate, bevor ich es beendet habe.«

71

Im Garten war das Jauchzen des Jungen zu hören. Seine Mutter warf den Stock und Fiete flitzte durch den Garten, um ihn zu holen.

»Frau Coordes, wann haben Sie die Feier verlassen?«, fragte Wiebke.

»So gegen zwölf«, sagte sie nach einem Moment. »Ich war nämlich erst gegen eins im Bett. Das weiß ich noch, weil ich kurz auf die Uhr gesehen habe, als ich im Bett lag.«

»Wissen Sie, wann Herr Tebben die Feier verlassen hat?«, fragte Evert.

Fiete trottete, den Stock im Maul, zur Terrassentür und warf einen Blick ins Innere. Da er Evert noch immer dort vorfand, schien er zufrieden zu sein und ging wieder zu Frau Fokke, um den Stock abzuliefern.

»Nein, das weiß ich nicht. Wir haben uns recht früh an dem Abend etwas unterhalten, so um sieben vielleicht. Danach habe ich mich vor allem mit meinen alten Freundinnen unterhalten. Klöönschnack über alles, was so in den letzten Jahren passiert ist. Am Ende hockt man dann doch immer wieder mit den gleichen Leuten zusammen«, meinte Frau Coordes.

»Herrn Tebben haben Sie dann nicht mehr gesehen, als Sie gegangen sind? Das wäre wichtig. Wir müssen wissen, wann er die Feier verlassen hat«, sagte Wiebke.

»Ich überlege ja ... also kurz bevor ich gegangen bin, da stürmte der Habbo ins Frauenklo. Er war ganz beduselt und hat sich dort in der Kabine erbrochen. Das war nicht schön, das kann ich Ihnen sagen! Aber der Habbo war so durch, dass er nicht begriffen hat, dass er im falschen Bad ist«, sagte sie. »Als ich dann rausgegangen bin, hat sich der Hilko auch schon um ihn gekümmert. Der hat wohl gesehen, dass er da ins Bad gelaufen ist. Na, und als ich dann rausgegangen bin, da habe ich den Jakob noch kurz gesehen. Dann bin ich aber auch mit Habbo beschäftigt gewesen.«

»Mit wem hat er sich unterhalten? Vielleicht hilft uns das weiter«, sagte Evert.

»Mit niemandem. Er aß etwas vom Buffet. Wir hatten da so Stehtische und zwei große Tafeln neben der Tanzfläche, und da standen immer kleine Grüppchen von Leuten drum, aber an manchen Tischen war auch nur einer oder eine und aß etwas«, sagte sie. »Vielleicht wollte er mal fünf Minuten seine Ruhe haben oder aber sein Gesprächspartner war sich noch etwas zu essen holen.«

Evert nickte nur. *Das bringt uns nicht weiter*, dachte er.

»Wieso endete Ihre Beziehung?«, fragte Evert also stattdessen Frau Coordes. »Sie sagten, Sie haben sie beendet.«

»Das ist richtig, aber auch privat«, sagte sie, und ihr Mund wurde schmal.

»Das verstehen wir, und grundsätzlich ist es uns auch ein Anliegen, die Privatsphäre eines jeden Bürgers zu respektieren. Allerdings geht es in diesem Fall um Mord. Wir wollen möglichst ein umfassendes Bild vom Verstorbenen und seinen Beziehungen zu den Leuten, die ihn an seinem letzten Abend und in den Stunden vor seinem Tod gesehen haben«, erklärte Evert.

»Und Sie denken, ich war es?«, fragte Nesa Coordes. »Darum stellen Sie so private Fragen.«

»Nein, bisher stehen Sie nicht unter direktem Verdacht. Allerdings haben Sie eine deutlich weniger lang zurückliegende Beziehung zu dem Opfer als andere, die auf der Feier waren. Darum frage ich, auch wenn es indiskret erscheinen mag«, sagte Evert ruhig. Irgendetwas an seiner Art schien auch die Frau zu beruhigen, und sie seufzte. Es klang, als würde sie sich innerlich sammeln. Evert nahm an, dass er offenbar ein schwieriges Thema angeschnitten hatte.

»Ja, also damals, als ich vor zehn Jahren mit dem Jakob zusammengekommen bin, war ich erst auf Wolke sieben. Sie wissen ja gar nicht, wie schwer es ist, jemanden zu finden, wenn man seinen eigenen Laden hat! Damals hat meine Mutter noch mit gearbeitet, aber das ist auch immer weniger geworden, und gute Mitarbeiter sind auf dem Land nicht leicht zu finden«, erklärte sie. »Da sind Sie selbst ohne Pause an jeder

Ecke beschäftigt, und wann lernen Sie dann mal jemanden kennen?«

»Das ist sicherlich eine logistische Herausforderung«, stimmte Evert zu.

»Und was für eine. Und Jakob war so wundervoll. Er ist ganz charmant, immer für einen da und bringt einem kleine Aufmerksamkeiten … Er gab mir das Gefühl, jemand zu sein. Jemand anderes, eine Frau, die man begehrt«, sagte sie und wurde etwas rot. »Nicht nur ein Arbeitstier, das hier schuftet. Doch dann bekam meine ältere Schwester ihr erstes Kind und meine jüngere Schwester kurz darauf auch.«

»Und das veränderte Ihre Beziehung zu Herrn Tebben?«, fragte Evert.

»Schon etwas«, sagte sie.

»Sie hatten einen Kinderwunsch, Ihr Partner allerdings nicht«, stellte Evert fest.

Sie nickte. »Ja, so war das. Vorher habe ich mir da keine großen Gedanken drüber gemacht. Kinder oder nicht, ist ja nicht so wichtig. Aber wenn dann mein Neffe auf dem Schoß sitzt und meinen Namen brabbelt … Dann kommt man ganz grundsätzlich ins Grübeln. Nicht nur, was Kinder angeht, auch, was das Leben angeht. Ich habe immer gedacht, ich bin nur ein einzelner Faden in einem Teppich und es interessiert keinen, ob der Faden fortgesetzt wird. Aber dann kam mir der Gedanke, dass der Teppich nur fortbesteht, wenn es Fäden gibt … Ach, das klingt jetzt sehr metaphysisch«, meinte sie und machte eine entschuldigende Geste.

»Es ist durchaus verständlich, von Zeit zu Zeit seine Lebensentscheidungen zu überdenken«, sagte Evert. »Sie sprachen das gegenüber Herrn Tebben an?«

»Ja, und er zögerte heraus. Einen Monat Bedenkzeit wollte er haben, dann einen weiteren, und bald war ein halbes Jahr herum. Ich wurde nicht jünger … da habe ich ihm gesagt, er soll sich entscheiden. Dass man sowas nicht über Nacht entscheidet, ist ja in Ordnung! Aber dieses Hinhalten wollte ich nicht«, sagte sie und man merkte, dass die damalige Verletzung noch immer tief saß. Ihre Stimme klang gereizt.

»Was geschah dann?«, fragte Evert.

»Er wollte weiter darüber nachdenken. Da wusste ich, dass er sich nie entscheiden würde. Er wollte mich nicht abservieren, aber entscheiden wollte er auch nichts, und Kinder würde er auch nicht wollen. Also habe ich mich von ihm getrennt, um wenigstens noch eine Chance zu haben, jemanden zu finden.« Sie lächelte traurig. »Hat nicht so geklappt, wie ich dachte.«

»Wie meinen Sie das?«, fragte Evert.

»Ich bin nicht jünger geworden in den letzten paar Jahren, aber einen guten Mann habe ich auch nicht gefunden. Ein Kind war mir auch nicht vergönnt. Ich muss mich wohl darauf einstellen, meinen Lebensabend als Tante der Jungs meiner Schwestern zu verbringen.«

Sie klang bitter, während sie sprach. »Wenn ich damals nichts gesagt hätte, hätte ich wenigstens noch Jakob ... oder auch nicht.« Sie zuckte mit den Schultern.

»Sie denken, die Beziehung wäre an etwas anderem zerbrochen?«, fragte Evert.

»Jakob hat immer eine Neue gefunden. Keine konnte ihn lange behalten«, sagte sie. »Wieso hätte er bei mir bleiben sollen?«

Sie seufzte und sah aus dem Fenster zu ihrer Schwester, ihrem Neffen und dem Hund, der durch den Garten flitzte.

»Könnten Sie sich jemanden vorstellen, der einen so tiefen Groll gegen Jakob Tebben gehegt hat, dass er ihn umbringt?«, fragte Evert.

Nesa Coordes sah zum Ermittler.

»Bei der Menge an Herzen, die er gebrochen hat, fallen mir da einige ein«, sagte sie mit einem traurigen Lächeln. »Aber was bringt es? Jetzt ist er tot. Dann hat ihn niemand. Das ist doch sinnlos.«

»Nun, irgendjemand dachte, es ist eine gute Idee, und wir wollen herausfinden, wer so dachte«, sagte Evert.

»Ich wünsche Ihnen beiden viel Glück dabei. Wirklich«, meinte sie.

»Wir sind geduldig und hartnäckig«, sagte Wiebke.

»Hätten Sie konkret jemanden im Sinn, der wütend auf Herrn Tebben wäre?«, kehrte Evert noch einmal zu seiner Ausgangsfrage zurück.

Sie überlegte kurz, bevor sie sagte: »Niemand Konkretes. Tut mir leid.«

»Wenn Ihnen noch etwas einfällt, Frau Coordes, melden Sie sich bitte«, sagte Evert und reichte ihr seine Karte.

»Mach ich«, sagte sie. »Ich wünsche Ihnen viel Erfolg.«

Evert ging zur Balkontür und rief nach Fiete. Der Hund hielt mitten im Lauf inne und der Ast fiel ihm aus dem Mund.

Kurz sah er den Ast an, dann den Jungen, der freudig quiekte, und dann sein Herrchen, das gerufen hatte.

Der schwarze Labrador Retriever schien hin- und hergerissen. Er schnappte sich den Ast, lief beim Jungen und seiner Mutter vorbei, ließ den Stock da fallen und rannte dann direkt zu Evert.

Nachdem sich Evert und Wiebke von den beiden Frauen verabschiedet hatten, verließen sie die Wohnung und gingen zum Auto zurück.

»Ich denke, wir machen Schluss für heute, oder?«, fragte Evert mit Blick auf die Uhr, als er den Hund in seine Box gelassen hatte und auf dem Beifahrersitz saß. Es war schon später Nachmittag.

»Ja, morgen ist auch noch ein Tag«, meinte Wiebke. »Ich hoffe, dass wir morgen bei Jakob Tebbens Arbeitgeber mehr erfahren.«

»Kannst du mich am Parkplatz hier in Moordorf rauslassen? Mein Rad steht noch da«, bat Evert.

»Klar«, sagte Wiebke und fuhr los.

»Was denkst du bezüglich Nesa Coordes?«, fragte Evert.

»Sie hat immer noch ziemlich starke Gefühle den Toten betreffend, und sie hat auch möglicherweise das Fachwissen

76

rund um die Giftigkeit von Fingerhut«, meinte Wiebke, während sie den Motor startete.

»Na ja, das könnte aber auch jeder mit einem Garten wissen«, meinte Evert und schüttelte nachdenklich den Kopf. »Herr Tebben scheint wirklich eine lange Liste an Frauen in seinem Leben gehabt zu haben.«

»Vielleicht hat es sogar mit einer davon zu tun, aber nicht mit einer von der Feier gestern«, meinte Wiebke.

»Das kann gut sein«, sagte Evert. »Aber ich denke, es ist sinnvoll, wenn wir das trotzdem weiterverfolgen. Dr. Elias geht ja davon aus, dass unser Opfer gestern vergiftet worden sein muss, wenn es über die Nahrung geschah. Also sind alle von der Feier verdächtig.«

»Das Ganze wird sich sicher entwirren lassen«, meinte Evert. Wiebke fuhr auf den Parkplatz, auf dem Evert sein Mountainbike abgeschlossen zurückgelassen hatte.

»Wird es sicher. Aber erst morgen«, entschied Wiebke.

Er verabschiedete sich von ihr und ließ Fiete aus der Box. Während sie davonfuhr, sah Fiete abwechselnd immer wieder zum Auto und zu Evert. Offenbar war der Hund verunsichert, wieso sie hier blieben, der Wagen aber wegfuhr.

»Heute bekommst du wenigstens noch etwas Auslauf«, sagte Evert und schloss sein Fahrrad auf. Als er sich darauf setzte, begann der Hund aufgeregt zu wedeln. Er wusste, was jetzt kam: Er durfte neben dem Mountainbike rennen!

Evert fuhr zurück nach Aurich. Während die weite grüne Landschaft an ihm vorbeizog, war er noch in Gedanken dabei zu sortieren, was sie inzwischen in Erfahrung gebracht hatten.

Kapitel 7

Am nächsten Morgen fuhr Evert mit seinem Mountainbike zur Arbeit. Neben ihm lief sein schwarzer Labrador Retriever, und Fietes Zunge hing schlackernd aus dem Maul heraus. Evert bog auf den Georgswall ein und fuhr zum Kiosk von Oma Tieske.

Die alte Frau betrieb dieses kleine Büdchen schon seit seiner Kindheit. Damals hatte sich Evert hier in der Schulpause Süßigkeiten geholt, heute allerdings lieber seinen morgendlichen Kaffee. Den bekam er ja nur selten in der Teeküche der Polizei. Hin und wieder holte er sich aber auch heute noch bei Oma Tieske ein paar kleine Süßigkeiten.

»Moin, min Jung«, grüßte die alte Frau den Ermittler, als er sein Fahrrad ausrollen ließ, sodass er neben ihrem Kiosk zum Stehen kam.

Fiete lief noch ein Stück weiter, bevor der Hund merkte, dass sein Herrchen angehalten hatte, und trabte dann gemütlich zum Kiosk zurück.

»Moin, Oma Tieske«, grüßte Evert die Frau, die alle hier immer nur Oma Tieske nannten.

»Willst du deinen Kaffee hier trinken oder mit zur Arbeit nehmen?«, fragte sie.

»Mit zur Arbeit«, sagte er und reichte ihr seinen Thermobecher, den er in einer Halterung am Lenkrad mitgebracht hatte. Zu Hause hatte er es nicht mehr geschafft, sich einen Kaffee aufzusetzen. Außerdem, musste Evert sich eingestehen, schmeckte der von Oma Tieske sowieso immer am besten.

»Kommt sofort, er läuft gerade noch durch«, sagte sie und nahm den Becher. »Habt ihr denn einen neuen Fall, wo du nicht mal Zeit für einen Klönschnack mit einer alten Frau hast?«

»Ja, so wie es aussieht, haben wir den«, bestätigte er.

»Wer ist denn tot?«, fragte sie.

»Darf ich dir nicht sagen. Offiziell gab es noch keine Stellungnahme von der Polizei Aurich«, erklärte er ihr.

»Ach, komm mir jetzt nicht wieder mit dem Täterwissen. Ich bringe doch keine Leute um. Wie soll ich das tun? Ich bin doch viel zu alt, um jemanden zu erschlagen. Ich könnte höchstens jemanden vergiften«, meinte sie.

»Das könntest du«, bestätigte Evert.

»Aber dann hätte ich ja einen Kunden weniger«, meinte sie.

»Das wäre doch Unfug. Nein, ich bediene sowieso keine Leute, die ich nicht mag. Das ist das Recht des eigenen Ladens«, erklärte sie. »Das ist Strafe genug.«

»Das ist es sicher«, meinte Evert und lachte.

»Also kannst du mir doch erzählen, was ist. Untersucht ihr diesen Toten vom Ottermeer?«, fragte sie.

»Wie kommst du auf das Ottermeer?«, fragte Evert, überrascht, dass sie davon wusste.

»Ach, du weißt doch, die Leute reden«, gab sie mit einer wegwerfenden Handbewegung zurück.

»Ja, aber die Leute in Uniform sollten bei dir nicht reden, wenn sie sich ihren Süßkram holen«, meinte Evert, der sich denken konnte, dass irgendein Polizist geredet haben musste.

»Ach, die Leute ohne Uniform schnacken genauso gern«, meinte Oma Tieske und beugte sich etwas zu Evert vor. »Aber nun sag mal, stimmt es?«

»Ja, wir haben einen Toten aus dem Ottermeer gefischt und ermitteln jetzt«, gab Evert zu.

»Ist er also ermordet worden«, meinte Oma Tieske. »Sonst würdet ihr ja nicht ermitteln.«

»Wir würden auch im Falle eines Todes ohne klaren Hintergrund ermitteln, bis wir Gewissheit haben«, sagte Evert.

»Aber hier wisst ihr es, wenn ich deine Formulierung richtig deute«, meinte Oma Tieske, und Evert wollte sich am liebsten auf die Zunge beißen. Er hatte schon viel zu viel preisgegeben!

»Willst du noch Schlickerkram für den Tag?«, fragte Oma Tieske. »Ich habe leider noch nichts Neues bekommen. Das heißt, die Colaschlangen sind immer noch alle. Eigentlich sollten heute noch welche geliefert werden, aber das ist im Moment total unzuverlässig!«

»Nur den Kaffee bitte«, sagte Evert. »Ich komm vielleicht später nochmal, wenn Zeit ist.«

»Das hoffe ich doch«, meinte Oma Tieske. »Ich komm hier ja nicht weg und freu mich immer, wenn du mal vorbeischaust. Man erfährt ja nie, was hier in der Stadt so passiert, wenn man immer in dieser Bude sitzt. Na ja, aber dafür bin ich meine eigene Herrin. Man kann ja nicht alles haben.«

»Das ist richtig«, stimmte er ihr zu, nahm den frisch aufgefüllten Thermobecher entgegen und bezahlte.

Evert verabschiedete sich von ihr.

»Du kommst aber noch vorbei?«, fragte sie.

»Ich kann es nicht garantieren«, sagte Evert ehrlich.

»Dann beeil dich mal mit dem Mörderjagen, dann bekommst du heute frische Colaschlangen. Na, dann hol di fuchtig!«, sagte sie.

»Ich pass auf mich auf«, sagte er und nickte ihr noch zu, bevor er sich auf sein Rad schwang und das letzte Stück zur Polizeiwache fuhr.

Nachdem er sein Fahrrad abgeschlossen hatte, ging er hinauf in das Großraumbüro der Kriminalpolizei. Wiebke war bereits an ihrem Arbeitsplatz und hatte eine kleine Tasse dampfenden Tee vor sich. Auf einer Ecke ihres Schreibtischs stand ein Stövchen, dessen Kerzenflamme eine kleine Kanne Tee mit Ostfriesenmuster warmhielt.

Evert grüßte seine Kollegin und hängte seinen Kurzmantel auf, bevor er sich an seinen Arbeitsplatz setzte.

Fiete lief einmal durch den Raum und blieb bei Wiebke stehen. Die sah konzentriert auf ihren Bildschirm und bemerkte den Hund erst nicht. Der setzte sich neben ihren Platz und fixierte sie.

»Ich habe die Telefonnummer von Jakob Tebbens Vater bekommen«, sagte Wiebke. »Allerdings ging er noch nicht ran. Ich habe ihm auf die Mailbox gesprochen und bat um Rückruf.«

»Klasse. Woher hast du die Nummer?«, fragte Evert.

»Feemke Tebben hat angerufen. Sie hat die Nummer herausgesucht. Bei der Gelegenheit habe ich ihr auch erklärt, dass es

80

sich um eine offizielle Mordermittlung handelt«, informierte ihn Wiebke.

»Wie hat sie die Information aufgenommen?«, fragte Evert.

»Sie wirkte geschockt, aber meinte, dass sie sich das genauso wenig vorstellen kann wie dass ihr Mann einen Unfall hatte, weil er betrunken war.«

»Hältst du sie für verdächtig?«, erkundigte sich Evert bei seiner Kollegin.

»Sie ist nicht auf der Feier gewesen. Andererseits hatte sie mehr als genug Möglichkeiten, ihren Mann vor der Feier zu vergiften«, meinte Wiebke und zuckte mit den Schultern. »Ich glaube erstmal gar nichts.«

Jetzt endlich bemerkte Wiebke den schwarzen Labrador Retriever neben sich und kraulte ihm kurz den Kopf. Zufrieden mit der Beachtung machte sich Fiete auf, seine kleine Runde durch den Raum zu beenden, und setzte sich auf den Boden. Dabei sah er allerdings eher aus, als würde er sich einfach fallen lassen.

»Ist die Eröffnung einer offiziellen Mordermittlung schon mit Abbo besprochen?«, fragte Evert seine Kollegin.

»Das wüsst ich auch gerne«, sagte Polizeirat Abbo Tichels, als er das Büro der Kriminalpolizei betrat. »In welchem Fall ermittelt ihr?«

»Gestern wurde ein Toter aus dem Ottermeer bei Wiesmoor gezogen«, sagte Evert und fasste gemeinsam mit Wiebke ihrem Vorgesetzten zusammen, was sie bisher wussten.

»Also wurde er definitiv vergiftet«, sagte Abbo nachdenklich.

»Das ist richtig«, sagte Evert. »Dr. Elias ist sich sicher, dass Herr Tebben über die Nahrung vergiftet wurde.«

»Das rückt natürlich den Caterer des Abends und die Ehefrau des Opfers in den Fokus«, meinte Abbo.

»Und jeden auf der Feier«, fügte Evert hinzu. »Soweit wir wissen, gab es ein Essensbuffet. Es gibt also womöglich reichlich Verdächtige, wenn wir bedenken, dass eine große Zahl von Leuten Zugriff auf das Essen hatte.«

81

»Es könnte allerdings auch den Falschen getroffen haben«, sagte Abbo.

»Wie meinst du das?«, fragte Evert und verkniff sich das Siezen. Er war es aus seiner Zeit als Streifenpolizist gewohnt, seine Vorgesetzten zu siezen, und die meisten in der Polizeiwache Aurich machten das auch. Lediglich Polizeirat Abbo Tichels legte strikten Wert auf das Duzen, sodass Evert noch immer hin und wieder durcheinanderkam.

»Tja, viele Leute haben sich an dem Buffet bedient, oder?«, fragte Abbo. »Es könnte also auch gut sein, dass jemand anderes vergiftet werden sollte.«

»Das können wir zum jetzigen Zeitpunkt noch nicht ausschließen«, sagte Wiebke.

»Es ist auch nur ein Gedanke, da ihr bisher kein gutes Motiv in seinem Umfeld finden konntet. Wenn er das Ziel war, ist es natürlich logisch, dass man bei den Leuten sucht, die mit ihm den Abend verbracht haben. Aber andererseits ist fraglich, wieso jemand von denen ihn jetzt tot sehen wollte. Die alle sind ja seit zwanzig Jahren nicht mehr dabei, gemeinsam die Schulbank zu drücken«, sagte Abbo.

»Ich habe bereits die Finanzunterlagen zu unserem Opfer angefordert. Womöglich wird sich da ein Motiv seiner Partnerin zeigen«, sagte Wiebke.

»Es ist allerdings nicht ausgeschlossen, dass ein Mitschüler oder eine Mitschülerin so lange einen Groll gegen ihn gehegt hat«, meinte Evert. »Wir wissen aus einigen gut belegten Fällen, dass Täter oft noch Jahre nach bestimmten Ereignissen ausführliche Rachefantasien pflegen und diese dann vielleicht erst ein Jahrzehnt später umsetzen, nachdem sie es Hunderte Male durchgespielt haben.«

»Das stimmt leider«, sagte Abbo und vergrub seine Hände in den großen Taschen seines Nadelstreifenanzugs. »Ihr werdet das schon entwirren. Ich muss jetzt weiter. Wenn sich etwas ergibt, meldet euch. Gegebenenfalls komme ich später nochmal und bespreche die Pressemitteilung mit euch. Vorerst würde ich die aber gerne etwas hinauszögern und dann so knapp wie möglich halten: Es ist jemand tot, wir ermitteln.«

»Das wäre hilfreich«, sagte Wiebke.

Als Abbo sich verabschiedet hatte und den Raum verlassen wollte, stieß er fast mit Klaas zusammen, der den Blick auf die Teekanne in seinen Händen gerichtet hatte und deswegen nicht so sehr auf das achtete, was vor ihm war. Offenbar hatte er die Teekanne sehr voll gemacht, denn als er abrupt abbremste, um seinem Vorgesetzten auszuweichen, tropfte es ein wenig aus der Kanne.

»Moin, Klaas«, sagte Abbo und wich dem Polizisten geschickt aus.

»Moin, Baas«, sagte der Angesprochene überrumpelt und wich ebenfalls gerade noch aus, ohne mit ihm zu kollidieren.

Fiete hob neugierig den Kopf wegen der plötzlichen Aktivität im Raum.

Abbo verabschiedete sich direkt und war weg.

Während Klaas zu seinem Platz ging und die Kanne auf dem dort bereitstehenden Stövchen abstellte, stand Fiete auf und ging in Richtung des Fleckens.

»Hast du noch ein Feuerzeug hier?«, fragte Klaas seine Kollegin.

Wiebke reichte ihm eines und er entzündete das Stövchen.

»Fiete«, sagte Evert ermahnend, doch es war zu spät. In dem Moment, in dem er den Namen des Labrador Retrievers aussprach, hatte der schon begonnen, die Teereste vom Boden zu schlabbern.

»So ein Hund spart die Putzfrau«, meinte Klaas.

»So kann man das auch sehen«, gab Evert zurück.

»Dein Hund weiß halt, was gut ist, Herr Doktor. Was steht also heute an?«, erkundigte sich Klaas und goss sich eine Tasse ein.

»Wir sprechen gleich mit dem Arbeitgeber des Toten und danach mit den Zuständigen für das Buffet vorgestern Abend«, sagte Wiebke. »Für dich habe ich eine Liste an Namen und

Adressen aufgeschrieben, mit denen du bei der Befragung weitermachen kannst.«

»Gut, dass ich mir eine Kanne gemacht habe«, brummte Klaas. »Sowas liebe ich ja. Dutzende Leute abklappern. Erstmal vermutlich natürlich telefonisch.«

»Wir müssen sie halt alle durcharbeiten«, sagte Wiebke.

»Jo«, brummte Klaas.

Wiebke sah auf ihre Armbanduhr. »Wir müssen auch los. Das Gespräch mit Abbo hatte ich nicht eingeplant. Wollen wir, Evert?«

Dieser nickte und stand auf. Er schnappte sich seinen Kaffeebecher und seinen Kurzmantel und ging zur Tür, gefolgt von Fiete.

»Willst du den Rest vom Tee aus meiner Kanne?«, fragte Wiebke an Klaas gewandt.

»Da ich hier erstmal nicht wegkomme, wenn ich mir die Namensliste mal so ansehe, gern«, meinte Klaas.

Sie verabschiedeten sich von ihm und gingen zum Innenhof der Polizei. Dort setzten sie sich, nachdem sie den Hund in seine Box im Kofferraum gelassen hatten, in den Dienstwagen und fuhren los.

Sie mussten nicht weit fahren. Die Immobilienfirma, in der Jakob Tebben gearbeitet hatte, war in Middelburg beheimatet. Dieses Stadtviertel von Aurich lag ein wenig außerhalb gegenüber dem Wohnviertel Popens, von diesem getrennt durch den Ems-Jade-Kanal und die Leerer Landstraße. Hier am Middelburger Weg war der Arbeitgeber Jakob Tebbens in einer alten Villa beheimatet.

In der großzügigen gepflasterten Einfahrt standen zwei Wagen und zwei weitere Parkplätze waren frei. Die Einfahrt führte um das Haus herum, wo offenbar ein Teil des ehemaligen Gartens in eine weitere Parkfläche umgewandelt worden war. Der Rasen war kurz geschoren und die kleinen Sträucher und Bäume im Garten waren alle in geometrische Formen geschnitten.

Sie parkten auf einem der freien Plätze und stiegen aus. Evert ließ seinen Hund aus der Box und folgte Wiebke zum Eingang der Villa.

Dort hing über der Klingel ein größeres Schild, auf dem in verschnörkelter Schrift »Ubbes Immobilien« sowie ein Gründungsdatum, das schon sechzig Jahre her war, standen.

Wiebke betätigte den Klingelknopf, und ein Summton war zu hören, der ihnen mitteilte, dass die Tür offen war.

Evert und Wiebke traten gefolgt von Fiete ein. Hinter der Tür lag ein ausladendes Empfangszimmer, das gleichzeitig als Flur diente und von einer großen weißen Treppe mit rot gestrichenem Holzgeländer dominiert wurde. Im großzügig geschnittenen Flur war ein Tisch aufgestellt, an dem eine Frau mit schulterlangen blonden Haaren saß, die ein Kostüm trug. Als die Ermittler eintraten, sah sie von ihrem Computerbildschirm auf.

»Moin, wie kann ich Ihnen denn behilflich sein?«, fragte sie und stand auf, um den Ermittlern die Hand zu reichen. »Wir haben für jedes Paar genau das Richtige. Soll es etwas in Aurich oder lieber auf dem Land sein?«

»Ihr Chef wäre gut«, sagte Evert und reichte ihr seinen Dienstausweis.

»Ich kann mich ebenso gut wie er um sie kümmern«, sagte die Frau und ergriff den Ausweis. Als sie ihn las, runzelte sie die Stirn und sagte nur: »Oh.«

Evert stellte sich und seine Kollegin vor und fragte dann: »Wie ist Ihr Name?«

»Hannah Weers«, sagte sie und reichte den Dienstausweis zurück.

»Frau Weers, kennen Sie Jakob Tebben?«, erkundigte sich Evert.

»Jakob arbeitet hier schon seit vielen Jahren«, sagte sie. »Wieso? Was ist passiert? Geht es ihm gut?«

Sie lächelte, als sie den Namen Jakob aussprach, und es war nicht das gleiche aufgesetzte geschäftliche Lächeln, das sie

85

beim Eintreten von Evert und Wiebke gehabt hatte. Es wirkte auf Evert ehrlicher.

»Herr Tebben ist Sonntagmorgen tot aufgefunden worden. Wir ermitteln in seinem Mordfall«, erklärte Evert.

Hannah Weers' Lächeln erstarb.

»Was?«

»Herr Tebben ist tot, wir ermitteln in seinem Mordfall«, wiederholte Evert.

»Jakob ist tot? Das ist furchtbar!«

»Das ist es«, bestätigte Evert. »Wie gut kannten Sie sich, wenn ich fragen darf?«

»Es geht«, sagte sie und zögerte kurz. »Wir arbeiten, ich meine arbeiteten hier seit einigen Jahren zusammen. Er ist schon vor mir hier gewesen, seit sicher mehr als zehn Jahren. Ich bin vor acht Jahren hergekommen und er hat mir damals sehr geholfen, mich hier wohlzufühlen«, sagte sie.

Ihre Wangen wurden rot, während sie sprach. Etwas an der Art, wie sie redete, irritierte Evert. Wiebke schien etwas Ähnliches zu denken, darum fragte sie direkt: »Hatten Sie ein Verhältnis zu ihm, das über die berufliche Beziehung hinausging?«

»Ich, also …«, meinte Hannah Weers und zögerte.

»Wir sind an Fakten interessiert und werden keine Gerüchte verbreiten«, sagte Evert.

Sie sah sich um. »Also, sagen Sie es nicht dem Tomke, also dem Baas. Aber als ich hier neu war, hat Jakob mir oft ein paar Stunden geholfen, sich hier und da mal hingesetzt und mit mir alles durchgesprochen, was man wissen muss. Manche Verwaltungsvorgänge sind schon kompliziert, denn wir bieten den Kunden hier Komplettpakete an. Wir erledigen viele Behördengänge für unsere Kunden, und die Behördenlogik ist … na, das ist eine eigene Welt.«

»Dabei sind Sie sich nähergekommen?«, fragte Evert.

»Ja, das ein oder andere Mal. Aber nur kurz, und es war auch nichts Ernstes. Allerdings geschah es womöglich am Arbeitsplatz, und ich will nicht, dass Tomke … Das gäbe sicher sehr

86

viel Ärger. Er will sowieso nicht, dass seine Mitarbeiter Beziehungen miteinander haben. Er stellt auch keine Verwandten ein. Persönliches Drama soll draußen bleiben, sagt er immer.«

»Wir werden nichts weitererzählen, sofern es nicht für die Ermittlung nötig ist«, sagte Evert. »War Herr Tebben zu dem Zeitpunkt in einer Beziehung?«

»Nein, das wäre ... nicht, dass ich wüsste«, antwortete Frau Weers.

»Haben Sie es dann beendet oder er?«, fragte Evert.

»Er hat es beendet. Also nachdem es ein paar Mal passiert ist, hat er gesagt, dass es unprofessionell sei, und wir haben nie wieder darüber geredet«, sagte sie und lächelte bei der Erinnerung ein wenig.

»Danach haben Sie das Verhältnis nicht wieder aufleben lassen?«, erkundigte sich Wiebke.

»Nein, nie. Er hat vor Kurzem geheiratet. Ich war mit den Kollegen bei der standesamtlichen Feier und wir haben ihnen ein kleines Geschenk überreicht. Seine Frau kann sich glücklich schätzen, so einen Mann bekommen zu haben«, meinte Hannah Weers.

»Darf ich fragen, wo Sie Samstagnachmittag waren?«, wollte Evert wissen. Er verdächtigte die Frau nicht unbedingt, aber er hatte die Vorstellung noch nicht aufgegeben, dass bei derartig vielen Frauen in Jakob Tebbens Leben durchaus eine seinen Tod gewollt hatte.

»Ich war mit einer Freundin von Donnerstag bis Sonntag weg. Wir waren wandern und ich bin Sonntagabend mit ihr im Zug zurückgekommen. Gewandert sind wir an der Saale und sind hinterher von Halle nach Leer zurückgefahren. Da hatten wir mein Auto geparkt, meine Freundin wohnt in Leer«, erklärte Hannah Weers.

»Wir benötigen ihre Kontaktdaten«, bat Evert.

»Natürlich«, sagte Hannah Weers und griff ihr Mobiltelefon vom Schreibtisch, um ihnen die Telefonnummer zu diktieren.

Als sie fertig war, fragte sie: »Denken Sie wirklich, ich habe etwas damit zu tun?«

»Nein«, sagte Evert. »Wir klären nur die Fakten. Danach können wir anfangen, alles besser zu entwirren. Was war Ihr Eindruck von Jakob Tebben in der letzten Zeit?«

»Wie meinen Sie das? Er war wie immer«, gab sie zurück.

»Belastete ihn etwas?«, fragte Wiebke.

»Nein, nicht, dass er es mir gesagt hätte. Jakob war fröhlich wie immer. So oft war er ja auch nicht hier, er hatte freie Hand und konnte seine Arbeitstage auch außer Haus mit den Kundengesprächen verbringen. Da sah man sich nicht jeden Tag.«

»Würde Ihnen jemand einfallen, der einen Groll gegen Ihren Kollegen hegte?«, fragte Wiebke.

»Sie meinen auf der Arbeit?«, versicherte sich Hannah Weers.

»Nein, nicht zwingend«, sagte Wiebke.

»Also, im Grunde gibt es da niemanden … Aber wir haben schon ein paar Kunden, die sehr speziell sind. Wir haben hier sehr teure Immobilien, und wenn so ein Kunde aus der Preisklasse kommt, dann gibt es da zwei Arten«, meinte sie.

»Zwei Arten von Kunden?«, fragte Evert.

»Ja. Diejenigen, die Geld und Manieren selbst erarbeitet haben, und die, die nur durch glückliche Fügung zu Geld gekommen sind. Wenn Sie nicht so springen, wie die wollen, werden diese Kunden unfreundlich. Sie denken, dass die Summe, die sie für alles bezahlen, jedes Schmerzensgeld darstellt, um sich anschreien und scheuchen zu lassen«, erklärte Hannah Weers.

»Und solche Kunden hatte Herr Tebben auch?«, fragte Evert.

»Ja, die haben wir alle«, sagte sie.

»Hat er sich besonders über welche beschwert?«, fragte Wiebke.

»Nein. Aber ich kann gerne seine Dateien durchgehen und schauen, ob es besondere Beschwerden von Kunden über ihn

88

gab«, bot sie an. »Dann wissen Sie wenigstens diejenigen, mit denen es Probleme gab.«

»Das wäre möglicherweise sehr hilfreich«, sagte Evert und reichte ihr seine Karte mit den Kontaktinformationen.

»Wie viele weitere Mitarbeiter haben Sie?«, fragte Wiebke.

»Außer mir und Jakob ist das aktuell nur einer: Simon Platenkamp. Der ist allerdings gerade mitten in seinem Urlaub, also vor zwei Wochen gefahren und in zwei Wochen erst wieder da. Ich kann Ihnen seine Privatnummer geben, aber Sie müssen sehen, ob er sich meldet. Im Moment ist er in Chile am Klettern, und da hat er oft kein Internet oder Telefonempfang«, sagte sie. »Eine weitere Stelle ist seit mehreren Monaten nicht besetzt, weil wir in einem sehr kompetitiven Umfeld arbeiten und das viele nicht gut vertragen.«

»Die Konkurrenz schreckt also die Kandidaten ab?«, fragte Evert.

»Nein, eher die verlangte Bereitschaft für ein bisschen Extraarbeit, die hier und da anfällt und nun mal erledigt werden muss«, sagte sie diplomatisch.

»Gibt es deswegen Schwierigkeiten mit Ihrem Chef? Hat sich Herr Tebben darüber mal beschwert?«, fragte Evert.

»Nein, Jakob war einer von denen, die immer liefern«, sagte Hannah Weers.

»Dann würden wir jetzt noch gerne mit Ihrem Chef sprechen und Sie könnten uns die Nummer Ihres Kollegen geben«, sagte Evert.

»Sicher, ich sende sie Ihnen zusammen mit etwaigen Kundenbeschwerden über Jakob zu, in Ordnung?«, fragte sie.

»Das wäre sehr hilfreich«, meinte Wiebke.

»Dann will ich Sie jetzt gerne zum Chef der Firma bringen. Herr Ubbe hat gerade ein sehr wichtiges Telefonat. Ich möchte kurz überprüfen, ob es noch andauert«, sagte sie und sah auf den Bildschirm ihres Computers. »Ich kann das von hier aus, weil ich Anrufe zu ihm durchstellen kann. Aber er telefoniert nicht mehr. Sie können gerne zu ihm.«

»Gut«, sagte Evert.

Hannah Weers deutete auf die Treppe ins Obergeschoss. »Sein Name steht auf der Tür oben. Klopfen Sie, bevor Sie hereingehen.«

Evert wollte die Treppe hinaufgehen, als Frau Weers hinzufügte: »Aber den Hund lassen Sie bitte hier. Herr Ubbe hat nicht viel für Hunde übrig. Ist besser so.«

Evert sah zu Fiete.

»Sitz«, sagte er und wies auf den Fuß der Treppe. Fiete setzte sich an die angewiesene Stelle und sah Evert und Wiebke hinterher, als sie nach oben verschwanden.

Im oberen Stockwerk gab es ein umlaufendes Holzgeländer, das einen guten Blick nach unten ermöglichte. Das Geländer war aus verziertem Holz gearbeitet und wirkte bei näherer Betrachtung noch hochwertiger. Im oberen Stockwerk waren vier Türen. Eine war mit »Lager«, eine mit »Toilette« und eine mit »Büro« beschriftet. An der letzten Tür stand »Ubbe«.

Zu dieser Tür gingen die beiden Ermittler, und Wiebke klopfte, bevor sie eintrat. Evert folgte ihr.

»Moin, moin«, sagte der Mann Anfang sechzig, der gegenüber der Tür an einem großen Schreibtisch saß und bei ihrem Eintreten aufstand und die Hand reichte.

»Sie sind Tomke Ubbe?«, fragte Evert und stellte sich und Wiebke vor.

»Ja, mein Vater, Fritz Ubbe, hat damals die Immobilienfirma gegründet«, sagte Tomke Ubbe. »Gott hab ihn selig, das war genau die richtige Idee zum richtigen Zeitpunkt. Er hat damals in einer Werft in Leer gearbeitet und alle seine Verwandten waren da angestellt, und keine zehn Jahre später gab es die Werft nicht mehr. Dann hätte er nach Papenburg gehen müssen, oder noch schlimmer: Wilhelmshaven«, sagte er.

Evert wusste um die latente Feindschaft zwischen den alteingesessenen Ostfriesen und denen im Jeverland um Wilhelmshaven. Diese Region war traditionell mit dem Oldenburger Land verbunden und gehörte für viele Ostfriesen bis heute nicht mehr so richtig zu Ostfriesland dazu, unabhängig davon,

90

dass sich viele Jeverländer als Bewohner der ostfriesischen Halbinsel und somit als Ostfriesen verstanden.

»Was kann ich denn für zwei Ermittler aus Aurich tun?«, fragte Tomke Ubbe nun. »Ich befürchte ja, dass Sie nicht hier sind, weil die Polizei dringend ihr Gebäude loswerden will. Die Lage würde mich durchaus reizen, so zentral zur Altstadt gelegen.«

»Nein, darum geht es nicht. Es tut mir leid, Ihnen mitteilen zu müssen, dass Ihr Mitarbeiter Jakob Tebben gestern Morgen tot aufgefunden wurde. Wir ermitteln in seinem Mordfall. Wir würden gerne ein wenig mehr über Ihren ehemaligen Mitarbeiter erfahren«, sagte Evert.

»Jakob ist tot?«, fragte er erstaunt. »Dann ist er heute nicht bei der Arbeit?«

»Ich denke nicht«, bestätigte Evert.

»So ein Schiet! Er hat Termine. Moment!«, rief Tomke Ubbe und lief aus dem Büro heraus. Er beugte sich über das Geländer der Galerie und brüllte ein paar Anweisungen zu Hannah Weers hinunter. Diese und jene Leute sollten informiert werden und man sollte sofort neue Termine anberaumen. Dann kam er zurück zu den Ermittlern und schloss seine Bürotür hinter sich.

»Entschuldigen Sie, aber wir verkaufen und vermitteln viele hochpreisige Immobilien, und unsere Mitarbeiter genießen eine gewisse Freiheit. Jakob muss hier nicht dauernd auftauchen, er organisiert sich seine Arbeitszeit selbst. Er bekommt ein Grundgehalt und dazu Prämien für gute Arbeit. Wenn er also hier nicht rumläuft, bemerke ich das Fehlen auch nicht gleich. Aber die Kunden merken es, wenn er nicht da ist, und die sind dann gleich weg! Da können Sie sich in unserem Preissegment keine Fehler erlauben.«

»Nun, da das geklärt ist, würden wir Ihnen gerne ein paar Fragen zu Herrn Tebben stellen«, sagte Evert. Er hatte das Gefühl, gerade einen Einblick in jenes kompetitive Umfeld erhalten zu haben, von dem Hannah Weers gesprochen hatte.

91

Dies ist also die erste Reaktion dieses Mannes auf einen toten Mitarbeiter, dachte Evert.

»Sicher, fragen Sie. Ich habe eine Stunde Zeit für Sie«, sagte Tomke Ubbe mit Blick auf seine Armbanduhr. »Dann muss ich leider weiter. Wir sind involviert in ein großes Bauprojekt in Wilhelmshaven, und da muss man ein ganzes Stück fahren.«

»Wir freuen uns, dass Sie sich diese Zeit nehmen«, sagte Evert diplomatisch. Sollte es nötig sein, würde er auch deutlich mehr Zeit von diesem Mann verlangen. Es galt immerhin, einen Mordfall aufzuklären! »Wie war Ihr Verhältnis zu Jakob Tebben?«, fragte Evert.

»Gut, der Junge hat was. Die Leute liegen ihm zu Füßen«, sagte er. »Man kann zwar nicht jeden kriegen, aber man kann den Leuten einen Traum verkaufen. Das ist ein Haus nämlich. Ein Traum, den sie erwerben. Und das muss man gut rüberbringen.«

»Und Herr Tebben konnte Träume verkaufen?«, fragte Evert.

»Aber hallo, und wie! Der Jakob ist einer, der kann einem Friesen noch Kaffee schmackhaft machen«, meinte Tomke Ubbe und lachte. Dabei sah er ein wenig traurig aus und fügte hinzu: »Das ist echt furchtbar. Er wurde also ermordet? Wissen Sie schon, von wem?«

»Wir ermitteln noch, aber ein Verbrechen ist wahrscheinlich«, sagte Wiebke.

»Furchtbar. Jakob ist ein toller Kerl gewesen. Muss man ja jetzt wohl in der Vergangenheitsform sagen. Furchtbar, wirklich. Er arbeitete hier schon seit sicher fünfzehn Jahren. Er hat nach der Schule irgendwas studiert oder so, aber dann habe ich ihn kennengelernt. Er war mit einer Freundin meines Bruders zusammen und wurde mir auf einer Feier vorgestellt. Ich habe mich mit ihm unterhalten und gleich gemerkt, der hat was!«

»Sie haben ihn dann eingestellt?«, fragte Evert.

»Ja, ich hab ihm gesagt, er soll sich mal bewerben und diesen Blödsinn mit dem Studium lassen. Er schien sich da eh nicht ganz wohlzufühlen, aber den Lebensstil sehr zu genießen«,

92

sagte Tomke Ubbe. »Aber ganz ehrlich? Den Lebensstil konnte er hier auch haben!«

»Wie meinen Sie das?«, fragte Evert.

»Na, spät aufstehen, tolle junge Frauen finden und ausgiebig in Urlaub fahren, geht auch bei uns. Nur musste er dazwischen halt richtig fleißig sein, und dann war auch Geld da für die schöneren Frauen und den exotischen Urlaub«, meinte Tomke Ubbe.

»Und Herr Tebben schätzte diesen Lebensstil?«, fragte Evert.

»Aber hallo! Er hat verkauft und war richtig gut. Manchmal hat er einen Kunden nicht bekommen, aber ich war immer zufrieden mit ihm. Sehen Sie, es gibt hier ein Grundgehalt und dann vor allem Bonuszahlungen für alles, was der Firma Geld bringt. Ich beteilige meine Mitarbeiter so am Erfolg und will sie motivieren«, erklärte Tomke Ubbe.

»Herr Tebben verdiente also gut bei Ihnen?«, erkundigte sich Wiebke.

»Sehr, er konnte nicht klagen.«

»Gab es etwas anderes, worüber er vielleicht in letzter Zeit geklagt hat?«, fragte Evert.

»Nein, nicht mir gegenüber. Jakob war einer, der nur sagte, er kümmert sich, und das Wichtigste für mich war: Er kümmerte sich wirklich.«

»Gibt es Probleme in der Firma?«, fragte Evert.

Tomke Ubbe zögerte nur eine Sekunde, bevor er sagte: »Nein, wieso?«

»Weil es in jeder Firma doch Schwierigkeiten gibt, oder?«, meinte Evert.

»Na ja, also das hat nichts mit Jakob zu tun«, meinte Tomke Ubbe. »Und das verlässt auch nicht diesen Raum, oder?«

»Wir verbreiten keine Gerüchte«, sagte Evert.

»Gut, also, na ja … Wir haben seit einiger Zeit einen Konkurrenten im Markt, der ziemlich aggressiv einige unserer Kunden geschnappt hat. Die Firma Ippen Immobilien aus Norden«, erklärte Tomke Ubbe. »Die macht mir echt zu schaffen. Aber das ist nichts, was Jakob betrifft. Ihm, Hannah und mir selbst sind einige Kunden zu denen weggelaufen. Das kommt vor.«

»Verstehe«, sagte Evert. »Gibt es besonders schwierige Kunden in letzter Zeit? Jemand, der viel Geld wegen Herrn Tebben verloren hat?«

»Nein, nicht, dass ich mich jetzt sofort daran erinnere, und das tue ich normalerweise, wenn es um viel Geld geht«, sagte Tomke Ubbe und kratzte sich am Kinn.

»Aber Sie könnten sicherlich Ihre Unterlagen diesbezüglich nochmal durchgehen, oder?«, bat Evert und reichte ihm seine Karte. »Wir wüssten das dann gerne.«

»Klar, ich sag Hannah, dass sie das tun soll. Aber denken Sie wirklich, dass er von einem meiner Kunden umgebracht wurde?«

»Halten Sie es für möglich?«, gab Evert die Frage zurück.

»Na ja, manche Leute sind echt kleinlich, wenn es um viel Geld geht, da müssen Sie vorsichtig sein. Mörder sind das nicht unbedingt, aber man weiß ja nie, oder? Manche sind schon sehr skrupellos an ihr Geld gekommen, da würd ich nicht meine Hand für ins Feuer legen. Ich schau mal, ob ich was dazu herausfinde«, meinte Tomke Ubbe.

»Haben Sie vielen Dank dafür«, sagte Evert.

»Sagen Sie, wo waren Sie eigentlich gestern Abend?«, fragte Wiebke.

»Verdächtigen Sie mich?«, fragte Tomke Ubbe mehr amüsiert als wütend.

»Es ist wichtig, den Aufenthalt einer jeden Person, die mit dem Opfer in Verbindung steht, zu klären«, sagte Wiebke.

»Ja, gut. Kein Problem. Ich war aber leider hier. Ich habe einiges an Papierkram, der zu erledigen ist, und den habe ich den ganzen Abend abgebaut.«

»Können Sie das vielleicht belegen? War jemand mit Ihnen hier?«

»Ich habe hier im Ort bei Papa Joe's Pizza bestellt. Die haben mir gegen zwanzig Uhr dann Essen geliefert. Die können das sicher bestätigen«, sagte er.

94

»Das überprüfen wir. Erstmal wäre es das dann auch von uns«, sagte Evert und stand auf. Er und Wiebke verabschiedeten sich von Tomke Ubbe. Er begleitete sie zur Tür seines Büros und schloss diese hinter ihnen. Dann gingen sie um die Galerie zur Treppe. Als Evert die Treppe hinabkam, sah er, dass Fiete seinen Kopf auf dem Schoß von Frau Weers abgelegt hatte. Der Labrador Retriever hatte die Augen geschlossen und wedelte schwach, während sie ihm den Kopf mit einer Hand streichelte und mit der anderen Hand ihre Computermaus bediente.

»Den Hund bräuchte ich wieder«, meinte Evert, als er an der Frau vorbeiging, die auf ihren Bildschirm starrte. Fiete schien genau wie die Frau ganz im Moment versunken zu sein.

Beide schreckten ein wenig auf. Fiete sah sich um, was los war, und entdeckte Evert. Der schwarze Labrador Retriever sprang auf und lief zu seinem Herrchen.

»Ich sende Ihnen die verlangten Unterlagen dann zeitnah«, sagte die Frau und sah von ihrem Computer auf.

»Das wäre gut«, sagte Evert, und er und Wiebke verabschiedeten sich von ihr, bevor sie das Gebäude verließen.

Draußen gingen sie zurück zum Auto.

»Denkst du immer noch, es könnte mit seiner Arbeit zu tun haben?«, fragte Evert.

»Nun, bei hochpreisigen Immobilien könnte es zumindest sein, dass jemand sehr wütend war«, sagte Wiebke. »Aber dann wäre die Frage, wieso er ausgerechnet Samstagabend vergiftet wurde. Das spricht doch eher dafür, dass seine Frau ihn zu Hause vergiftet hat oder aber ein Gast auf der Ehemaligenfeier.«

»Ja, fahren wir mal zur Gaststätte und sprechen mit der Köchin«, sagte Evert. Wiebke nickte und startete den Wagen.

Kapitel 8

»Moin«, sagte eine schüchterne Stimme, die Klaas von seinem Computer aufschreckte.

»Moin«, sagte er und stand von seinem Platz auf, um dem Mann entgegenzutreten, der sich in das Großraumbüro der Kriminalpolizei Aurich verirrt zu haben schien. »Was kann ich für Sie tun?«, erkundigte Klaas sich.

»Mein Name ist Jens Hartema, ich sollte mich hier melden«, sagte der Mann und trat nun ein. Er war Anfang vierzig und schlaksig wie ein junger Mann. Allerdings waren seine Haare im Ansatz grau und seine Stirn so hoch, dass Klaas annahm, dass der Mann langsam eine Glatze entwickelte. Jens Hartema trug eine ausgewaschene Jeans und ein ebenso abgenutztes T-Shirt, auf dem noch die Reste eines Bandlogos zu erkennen waren, aber nicht genug, damit Klaas es entziffern konnte.

»Ach ja, Herr Hartema«, sagte Klaas, der kurz hatte überlegen müssen. »Sie sind eine halbe Stunde zu früh.«

»Das stimmt«, gab der Mann zu. »Aber ich war sowieso wegen eines Kunden in Aurich, und da habe ich gedacht, ich kann auch gleich bei Ihnen vorbeikommen und das hier als meine Mittagspause abrechnen. Dann geht es danach sofort weiter und ich muss heute nicht länger machen.«

»Natürlich, das geht«, sagte Klaas. Er hatte angefangen, alle Leute von der Liste abzuarbeiten, die sie von Hilko Visser bekommen hatten, und festgestellt, dass es gar nicht leicht war, Kontakt aufzunehmen. Die Gäste hatten ihre eigenen vollen Zeitpläne, und auch wenn er sie herbestellen konnte, musste er sie dafür erstmal erreichen. Natürlich hätte er sie auch postalisch herbestellen können, doch die Zeit drängte. Seiner Erfahrung nach war es wichtig, so schnell wie möglich Informationen zu gewinnen, damit sie diesen Fall lösen konnten.

»Klasse«, sagte Jens Hartema und nahm sich einen Stuhl, um sich gegenüber von Klaas an dessen Schreibtisch zu setzen. »Ich habe in letzter Zeit einfach zu viele Termine. Ein Kollege von mir ist krank und ich liebe ja meine Arbeit, aber … wenn

96

die Termindichte zu hoch wird, dann geht es nur ums Überleben.«

»Ums Überleben?«, fragte Klaas.

»Ja gut, vielleicht unpassende Wortwahl für einen Polizisten. Aber man will nur noch einen Termin nach dem anderen hinter sich bringen. Man genießt gar nicht mehr, was man macht. Da ist nur noch das Funktionieren und gar keine Freude mehr. Ich weiß, dass mir das mal Freude gemacht hat. Ich bin Elektriker, und Sie glauben gar nicht, wie spannend das sein kann.«

Klaas musste zugeben, dass er das nicht unbedingt glaubte, aber andererseits befand er, dass es nicht seine Tasse Tee war.

»Gut, wo Sie dann schon mal hier sind, beginnen wir gleich.«

»Gerne. Was ist denn jetzt genau passiert, dass die Polizei mit mir reden will?«

»Wir reden mit allen Gästen von der Feierlichkeit am Samstag«, erklärte Klaas. »Leider muss ich Ihnen mitteilen, dass Ihr Schulkollege Jakob Tebben tot ist. Wir ermitteln in seinem Mordfall.«

»Jakob ist tot?«, fragte Jens Hartema überrascht. »Das ist ja … Er wurde ermordet?«

»Ja«, bestätigte Klaas.

Der Mann schluckte. Es schien ihn nicht sonderlich mitzunehmen, aber das hatte Klaas auch nicht erwartet. Immerhin konnte nicht jeder aus diesem Abiturjahrgang mit dem Opfer gut befreundet gewesen sein. Manche waren womöglich nur wie gute Kollegen miteinander ausgekommen.

»Wann sind Sie Samstag auf der Feier erschienen?«

»Ich war um acht Uhr da«, erinnerte sich Herr Hartema.

»Haben Sie mit Herrn Tebben gesprochen?«

»Ja, selbst Jakob hat ja jetzt geheiratet«, sagte Jens Hartema.

»Das kam für Sie unerwartet?«, wollte Klaas wissen.

»Ach, die anderen haben jetzt auch alle Familien. Weiß gar nicht, wo die ihre Partner alle gefunden haben«, meinte er und lachte. »Aber Jakob? Nein, das hab ich nicht erwartet.«

»Wieso nicht?«, ließ Klaas nicht locker.

97

»Na, es war Jakob. Also Jakob hat nie Schwierigkeiten gehabt, eine Frau zu finden. Ich würde eher sagen, die Frauen hatten Probleme, ihn zu halten. Wenn er eine Frau findet, die ihn halten kann, dann finde ich irgendwann auch noch jemanden«, meinte er. »Hat sich bisher nicht ergeben. Aber, na ja, war auch keine Zeit. War immer viel zu tun und zu erledigen. Da lernt man ja keinen kennen. Jakob hat immer irgendwo jemanden gefunden, soweit ich das gehört habe.«

»Hat Herr Tebben über seine Partnerin gesprochen?«

»Sie meinen seine Ehefrau? Nein, über die nicht viel. Sie sei toll. Hat mir ein Bild auf seinem Handy gezeigt. Also aussehen tut sie gut«, meinte er.

»Hat er über andere Frauen gesprochen?«, erkundigte sich Klaas.

»Nein. Aber ich sag mal so, Partnerinnen hatte er ja genug. Keine Ahnung, wie er das immer gemacht hat. Ich hab immer gedacht, die müssen doch merken, dass er nur heiße Luft von sich gibt, oder? Die müssen doch merken, dass er bei ihnen genauso schnell weg sein wird wie bei der letzten Frau. Trotzdem fanden ihn alle toll.«

»Sie nicht?«, fragte Klaas. Es war dem Polizisten durchaus aufgefallen, dass Herr Tebben bei Jens Hartema nicht besonders beliebt gewesen war. Er war nicht unbedingt gleich verdächtig für Klaas. Der Polizist nahm es aus langjähriger Berufserfahrung eher als große Chance wahr, ein umfassenderes Bild vom Opfer zu bekommen. Wenn man wissen wollte, wie jemand gewesen war, musste man nach Klaas' Meinung immer auch mit seinen Kritikern sprechen.

»So ist das nicht gemeint. Er war schon nett. Aber ich mochte diese Art nicht. Er musste nichts tun und die Frauen sprachen ihn immer an. Das hat mich nur irritiert.«

Klaas fand, der Mann klang eher neidisch. »Verstehe. Was hat er denn sonst so erzählt, außer dass er verheiratet ist? Klagte er über Probleme?«

»Nein, er klagte nie. Er war so einer, der war alltied bovenup, immer gut gelaunt«, meinte Jens Hartema. »Hat nur kurz

98

erzählt, dass er jetzt geheiratet hat und noch immer bei dieser Immobilienfirma ist. Ich habe mal Plakate von ihnen gesehen. Sind wohl eher teure Häuser. Wie man da wohl drankommt, ohne zu erben?«

»Das weiß ich leider auch nicht. Wann haben Sie ihn auf der Feier das letzte Mal gesehen?«

»Das letzte Mal?«, echote Jens Hartema. »Als ich ging.«

»Er war also noch auf der Feier, als Sie gingen? Wir versuchen herauszufinden, wann er die Feier verlassen hat.«

»Ach so. Also, ich bin so um elf wieder gefahren. Da war er noch da. Hat da grad mit Deetje getanzt«, sagte er.

»Sie klingen überrascht, dass er mit Deetje …« Klaas sah auf seine Liste, »Waalkes getanzt hat?«

»Ja, sie heißt jetzt nicht mehr Broomkamp wie früher. Sie ist ja verheiratet. Aber Deetje und Jakob … Deetje war immer eine von denen, die fleißig und klug waren. Die hat nie viel von Jakob gehalten. Diesmal schienen die sich aber richtig gut zu verstehen«, sagte Jens Hartema. »Ich habe immer gedacht, wenn man älter wird, kann man Leute besser durchschauen. So Leute wie Jakob würden es im Leben schwerer haben als in der Schule, weil mit zunehmendem Alter alle sehen, was sie sind. Aber war nicht so.« Er zuckte die Schultern.

»Was ist denn die Wahrheit über Jakob?«

»Ach, man soll ja nicht schlecht über Tote reden«, meinte der Mann. »Ich will auch nichts gesagt haben. War nicht so gemeint, das klingt jetzt so negativ.«

»Sie müssen auch nicht schlecht über ihn reden, ich will nur Ihre Einschätzung«, bat Klaas.

»Also, er war so einer … sien Höhner leggen Gooseier, wie meine Oma gesagt hätte.«

»Also ein Angeber, wenn die Hühner sogar Eier legen, die gänseeiergroß sind«, meinte Klaas. »So haben Sie ihn empfunden?«

»Ein wenig«, sagte Jens Hartema nun entschuldigend. »Aber tot wünscht man sich niemanden deswegen.«

»Nein, sicher nicht«, sagte Klaas und sah auf seine Notizen. »Das wären erstmal alle meine Fragen. Sie können gehen.«

»Danke. Ich will nicht, dass es falsch rüberkommt. Ich hoffe, Sie finden seinen Mörder. Jakob hatte den Tod echt nicht verdient. Da lebt man so vor sich hin, und auf einmal war es das. Das ist doch furchtbar.«

»Das ist es. Wir werden tun, was wir können, um seinen Mörder zur Rechenschaft zu ziehen«, sagte Klaas.

Sein Gegenüber war aufgestanden. Klaas gab ihm die Hand und sah zu, wie Jens Hartema den Raum verließ.

Was für ein seltsamer Mann, dachte Klaas. *Er wirkt etwas verloren. Hat wohl nicht alles in seinem Leben so geklappt, wie er wollte. Entsprechend unbeliebt ist bei so jemandem ein Mann wie Jakob Tebben. Es scheint hier viel Neid zu geben. Aber ob er verdächtig ist?*

Klaas schüttelte den Kopf. Er wollte sich nicht festlegen, dafür wusste er noch zu wenig.

*

Evert sah aus dem Fenster des Dienstwagens. Er saß auf dem Beifahrersitz, während Wiebke am Steuer saß und auf den Parkplatz der Gaststätte am Ottermeer einbog. Ein paar Autos standen hier ebenso wie Fahrräder und ein Motorrad.

Nachdem sie ausgestiegen waren und Evert seinen Hund aus dem Kofferraum gelassen hatte, sah Fiete sich neugierig um.

Wiebke wartete kurz auf Fiete und Evert. Dann gingen sie zum Gasthaus und betraten es. Hinter der Tür gelangten sie in einen großen Raum mit kleinen Tischgruppen, an denen eine Handvoll Leute saßen. Es gab eine kleine Theke, neben der eine Tür in einen Flur führte. Die Tür war nur angelehnt. Hinter der Theke stand ein großer Vitrinenschrank mit Kühlung. Er war beleuchtet und mehrere Kuchen standen zur Auswahl.

Neben der Theke lief eine Mitarbeiterin hin und her, die ihren Blick aufmerksam durch den Raum schwenken ließ. Als Evert und Wiebke zielsicher auf sie zugingen, sagte sie: »Bitte, wählen Sie sich selbst einen Sitzplatz. Wir haben auch hinterm Haus noch einige Tische unter dem Vordach, wenn Ihnen der Wind nicht zu frisch ist und Sie lieber draußen sitzen wollen.«

»Gehen wir doch kurz raus unters Vordach und sprechen dort«, sagte Evert und reichte ihr seinen Dienstausweis. »Wir hätten ein paar Fragen.«

Da Leute im Raum waren, die sie hören konnten, wollte er ungern direkt erklären, dass sie in einer Mordermittlung hier waren. Evert wusste nicht, inwieweit es von Relevanz war, dass das Opfer an seinem letzten Abend hier gewesen war, und er wollte keinesfalls zur Verbreitung von Gerüchten beitragen. Sollte sich ein Gerücht verselbstständigen, dass Jakob Tebben hier vergiftet worden war, waren alle weiteren Fakten womöglich egal: Das Geschäft würde nachhaltig geschädigt werden.

»Oh, ja. Sicher. Gehen Sie bitte da schon mal durch die Tür und dann durch die Glastür. Setzen Sie sich, ich bin sofort bei Ihnen«, sagte die Frau. »Soll ich meine Chefin holen?« Letzteres fragte sie ganz leise, beinahe geflüstert.

»Nein, das ist noch nicht nötig«, sagte Evert. Er wollte erst kurz mit der Bedienung alleine reden.

Er und Wiebke gingen gefolgt von Fiete auf die Terrasse und setzten sich. Unter dem Vordach standen fünf Tische mit Stühlen. Außer ihnen war niemand da.

Als sie sich gesetzt hatten, kam die Bedienung zu ihnen.

»So, moin nochmal«, sagte Evert. »Ich wollte das vor Ihren Kunden nicht so laut sagen. Wir hätten ein paar Fragen an Sie und gegebenenfalls an die anderen Mitarbeiter wegen der Feierlichkeit hier am Samstag. Ein Mann ist am Abend zu Tode gekommen. Waren Sie auch bei der Feier anwesend?«

»Ja, ich und Katharina hatten bei dem Abitreffen Dienst. Oder Ehemaligen-Abitreffen. Wie sagt man? Das Jubiläum jedenfalls«, erklärte die junge Frau.

»Sie meinen Katharina Deboer, die Köchin?«, fragte Wiebke. Den Namen kannten sie von der Kontaktdatenliste, die ihnen Herr Visser gegeben hatte.

101

»Korrekt, das ist meine Chefin und auch die Pächterin von allem hier. Es gehört, glaube ich, einer Familie in Wiesmoor, aber sie pachtet das schon seit vielen Jahren. Ich arbeite seit neun Jahren für sie.«

»Wie ist Ihr Name?«, fragte Evert.

»Michaela Düken«, antwortete sie.

»Gut, Sie haben also Sonntag auch hier gearbeitet?«, fragte Evert.

»Das ist richtig. Ab halb acht Uhr habe ich das Buffet aufgetragen. Dann habe ich es gegen halb eins wieder abgeräumt. Zwischendurch habe ich um neun Uhr auch noch die drei möglichen Nachtische hingestellt.«

»Wo war das Buffet?«, fragte Evert.

»Kommen Sie«, sagte sie und stand auf. »Ich zeige es Ihnen.«

Sie folgten ihr. Den Flur entlang gab es noch vier Türen. Zwei waren als Toiletten beschriftet, während die anderen beiden Türen unbeschriftet und verschlossen waren.

»Hier war das Buffet«, sagte Michaela Düken. Der Raum war großzügig geschnitten. Unter den großen, der Tür gegenüberliegenden Fenstern standen mehrere breite Tische. »Sie kommen hier rein, nehmen sich da einen Teller und gehen das Buffet entlang und wieder raus«, führte die Bedienung aus und ging bei ihren Worten an dem Tisch entlang, um sich an einem imaginierten Buffet zu bedienen. »So machen wir es immer.«

»Wo war die Hauptfeierlichkeit?«, fragte Evert.

»Hier«, sagte sie und ging zurück in den Flur zur anderen Tür, die sie öffnete. Dahinter lag ein großer langgezogener Saal. Links und rechts gab es große Fenster. Auf der einen Seite hatte man einen ganz guten Ausblick auf das Ottermeer. Es gab lange Tischreihen und eine große Tanzfläche. In einer Ecke des Raumes war eine kleine Bühne aufgebaut und daneben stand ein größerer Tresen, auf dem die Technik lag, die offenbar zur Musikanlage gehörte.

»Hier war die Feier«, sagte sie.

»Sind Sie hier auch herumgelaufen?«, fragte Evert.

»Nein, ich war in der Küche und habe etwas geholfen. Eigentlich hat Katharina eine Küchenhilfe, aber die ist krank und das hier am Sonntag war recht viel Arbeit. Also gibt sie mir was extra und ich helfe ihr. Ich bin keine Köchin, aber es reicht schon, wenn jemand hier und da etwas mit das Gemüse oder die Kartoffeln schneidet. Das ist nicht schwer, aber gut verdientes Geld«, sagte sie.

»Das Essen im Buffetraum war also unbeaufsichtigt«, sagte Evert.

»Ja, die Leute haben sich selbst genommen. Was hat das mit dem Toten zu tun, den Sie gefunden haben?«, fragte sie.

»Das wollen wir noch klären. Wie haben Sie von dem Toten erfahren?«, fragte Evert.

»Am Sonntag war ich nicht da, aber Katja, und die hat uns gesagt, dass ein Polizist hier war. Ein Herr Behrends.«

»Ja, das ist ein Kollege von uns. Haben Sie diesen Mann zufällig an dem Abend hier gesehen?«, fragte Evert und zeigte der Frau auf seinem Dienstplan das Personalausweisbild des Opfers.

»Nein, das weiß ich nicht mehr. Ich habe ein paar Leute gesehen, aber niemand ist mir in Erinnerung geblieben.«

»Kein Problem. Ist Ihnen am fraglichen Abend jemand aufgefallen, der sich seltsam benommen hat? Vielleicht jemand, der versuchte in die Küche zu kommen oder irgendwo war, wo er nicht hingehörte?«, fragte Evert.

Frau Düken überlegte kurz. »Nein«, sagte sie dann. »Nicht, dass mir das aufgefallen wäre.«

»Gut. Dann würden wir noch gerne mit Frau Katharina Deboer reden«, bat Evert.

»Dann setzen Sie sich bitte nochmal auf die Terrasse, ich hole sie aus der Küche. Sie hat es nicht gerne, wenn Leute da rumrennen, aus hygienischen Gründen«, fügte sie hinzu.

Evert und Wiebke gingen zurück zur Terrasse.

Kurz nachdem sie sich dort an einen Tisch gesetzt hatten, kam eine Frau Anfang sechzig zu ihnen. Ihre blonden Haare waren

103

eindeutig gefärbt, was an dem Grau des Ansatzes deutlich erkennbar war.

Sie trug eine Brille, die sie nun, als sie sich setzte, hochschob, sodass sie wie ein Haarreif auf ihrem Kopf blieb und ihre Strähnen daran hinderte, in ihr Gesicht zu fallen.

»Moin«, sagte sie.

»Moin«, sagte Evert und stellte sich erneut vor.

»Ich bin Katharina Deboer, ich bin die Pächterin von allem hier«, sagte sie und machte eine umfassende Geste. »Wie kann ich der Polizei bei den Ermittlungen helfen?«

»Frau Deboer, vorgestern Abend kam hier ein Mann zu Tode«, sagte Evert.

»Das habe ich schon gehört. Es ist furchtbar. Aber was hat das mit unserem Lokal zu tun?«

»Das wollen wir klären. Sie selbst waren mit Ihrer Kellnerin hier, richtig?«

»Ja, aber die meiste Zeit waren wir in der Küche. So ein Essen vorzubereiten ist viel Arbeit. Darum gab es auch ein Buffet und kein Gänge-Menü. Sie glauben nicht, wie aufwendig die logistische Herausforderung ist, für mehr als zehn Leute gleichzeitig Essen an jeden Platz zu bringen.«

»Ich kann es mir vorstellen. Haben Sie möglicherweise kurz mit jemandem auf der Feier geredet?«, fragte Evert.

»Nur mit einem Herrn Visser, der ist mein Ansprechpartner gewesen. Wir haben immer mal kurz geredet. Er organisierte das alles.«

»Kennen Sie diesen Mann?«, fragte Evert und zeigte ihr auf seinem Diensthandy ein Bild von Jakob Tebben.

Sie nahm das Gerät entgegen und sah sich das Bild genauer an. Dafür zog sie die Brille von ihrem Kopf und setzte sie auf.

»Nein, tut mir leid«, meinte sie schließlich, gab das Telefon zurück und schob die Brille wieder hoch, um den Ermittler anzusehen. »Ich habe ihn vielleicht gesehen, aber er ist mir nicht in Erinnerung geblieben.«

»Ich verstehe, das ist kein Problem«, sagte Evert.

»Ist das der Tote? Also das Mordopfer?«, fragte sie.

»Ja«, bestätigte Evert. »Ich möchte gerne eine Information mit Ihnen teilen, die nicht allgemein bekannt ist, da wir einige Dinge abklären müssen. Was Sie jetzt erfahren, verlässt also bitte nicht diese Runde, ja?«

»Klar«, stimmte Katharina Deboer zu und beugte sich etwas vor.

»Der Tote wurde vergiftet. Da er vor seinem Tod die letzte Zeit hier auf der Feier verbracht hat, ist es möglich, dass es hier geschah. Für die Ermittlungen ist das wichtig zu klären. Wir halten es für möglich, dass es über die Nahrung geschah, die er zu sich nahm.«

»Vergiftet? Hier? Das kann nicht sein. Ich achte sehr auf mein Essen«, sagte sie und verschränkte die Arme vor der Brust.

»Das ist auch keine Anschuldigung gegen Sie«, unterbrach Evert sie. »Wir bräuchten eine Liste der Gerichte und verwendeten Zutaten und wir wüssten gerne, wo Sie sie herbekommen.«

»Die Liste der Gerichte kann ich Ihnen mitgeben, die Rezepte und Zutaten muss ich raussuchen. Ich bekomme vieles vom Großhändler und einiges von einem Bauern gut fünfzig Kilometer von hier. Das muss ein Irrtum sein. Er ist nicht an meinem Essen gestorben.«

»Es wäre auch eher denkbar, dass man das Essen des Opfers direkt am Abend vergiftet hat. Dafür gab es genügend Zeit. Wenn ich mir die Räume hier so ansehe, wäre es möglich, einen Moment unbeaufsichtigt mit dem Essen am Buffet gewesen zu sein.«

»Was ist denn für ein Gift verwendet worden?«, fragte die Köchin.

»Etwas, das bitter schmeckt«, sagte Wiebke, bevor Evert antworten konnte. Sie wollte offenbar nicht, dass bekannt wurde, dass es Fingerhut war, und Evert musste seiner Kollegin da zustimmen. Der Geschmack des Giftes reichte vorerst. Das Wissen um den Fingerhut war Täterwissen und als solches möglicherweise noch zur Überführung des Mörders wichtig.

105

»Bitter?«, sagte die Köchin und dachte nach. »Das kann man kaum im Gratin oder den Schnitzeln unterkriegen.« Sie verzog ein wenig die Lippen, als würde sie stumm etwas murmeln.

»Gäbe es denn ein Getränk oder ein Gericht, bei dem es möglich wäre?«, meinte Evert.

»Bei den Getränken würde mir nur Kaffee einfallen«, sagte sie. »Da standen zwei sehr große Kannen mit Pumpfunktion. Dann müsste aber jemand gleich mehrere Leute vergiftet haben.«

»Nun, es reicht ja eine Tasse, die man dem Opfer vom Buffet mitbringt«, meinte Evert.

»Das stimmt natürlich. Oh ja, und natürlich im Pudding«, meinte dann Katharina Deboer.

»Der Pudding?«, wiederholte Wiebke.

»Ja, es gab drei Nachtisch-Möglichkeiten: flambierten Vanillepudding, eine Schokoladencreme und einen Limettenpudding. Der war bitter, es ist echte Limette da drin gewesen«, sagte sie. »Das wäre ziemlich das Bitterste, das es zu essen gab. Sonst wüsste ich nichts, was dabei war, das bitter schmeckte. Die Leute mögen lieber süße Dinge, selbst wenn man großartige Geschmackserlebnisse mit etwas Bitterem kreieren kann. So wie eine Komödie traurige Gegenpole benötigt, ist nur Süßes und Herzhaftes meines Erachtens eher langweilig. Aber anbieten muss ich ja das, was gegessen wird.«

»Natürlich. Der Limettenpudding, befand der sich in kleinen Schälchen oder nahm man sich selbst eine Portion?«, fragte Evert.

»Der war in kleinen Portionen in edlen Schalen. Ich garniere die dann zur Verzierung noch mit Minzblättern oder dem Abrieb einer Limette. So kann ich die Schalen im Kühlschrank bereithalten und immer neue hinstellen, wenn das Buffet sich langsam leert. Ist für mich weniger Arbeit, und wenn etwas übrig bleibt, kann ich es auch noch unter der Woche anbieten als Gruß aus der Küche. Freut die Leute immer sehr, etwas umsonst zu bekommen.«

»Haben Sie noch Reste?«, fragte Evert.

106

»Leider nicht. Der ist bei der Feier komplett aufgegessen worden«, sagte sie.

»Es kann ja auch wie beim Kaffee lediglich die einzelne Portion beziehungsweise Tasse vergiftet worden sein«, bemerkte Wiebke.

»Jetzt, wo Sie es sagen: Also am Buffet stand auch nicht nur Kaffee. Wir hatten da auch noch eine kleine Zapfanlage mit Bier zum Selberabfüllen und ein paar Flaschen Schnaps. Die sind auch teilweise sehr bitter.«

»Aber jeder füllte sich seine eigenen Getränke ab?«, vergewisserte sich Evert.

»Ja, sind ja alle erwachsen und bezahlt wird, was hinterher fehlt«, sagte die Frau.

»Haben Sie gestern Abend noch etwas Ungewöhnliches bemerkt oder draußen jemanden gehört?«, fragte Evert.

Die Frau sah ihn nachdenklich an und sagte dann: »Nein. Es war alles wie immer. Abends ist es sehr ruhig da draußen. Da stört hier eine Feier auch niemanden. Es ist für mich immer noch kaum vorstellbar, dass hier ein Mann zu Tode gekommen sein soll. Ich hoffe, Sie finden den Schuldigen.«

»Wir tun unser Möglichstes«, versprach Evert. »Das wäre auch schon alles von uns.« Er stand auf und reichte ihr seine Karte, bevor er und Wiebke sich von der Frau verabschiedeten.

Danach verließen sie das Restaurant und gingen zum Auto. Nachdem Evert seinen Hund zurück in die Box im Kofferraum gelassen hatte, setzte er sich zu Wiebke in den Wagen.

»Was hältst du davon?«, meinte Evert. »Dass etwas von der Nahrung oder den Getränken benutzt wurde, um den Fingerhut-Geschmack zu übertünchen, finde ich recht plausibel.«

»Das ist aber noch Spekulation. Erstens fehlt uns ein Täter und zweitens ein Motiv. Weder die Köchin noch ihre Gehilfin haben eine Beziehung zum Opfer«, meinte Wiebke. »Wenn sie doch eine uns unbekannte Verbindung zum Opfer haben, müssen wir erstmal klären, welche. Bisher fehlt jedes Motiv, egal ob es das Personal war oder ein Gast.«

»Wenn es auf der Feier geschah, dann könnte der Nebenraum eine gute Möglichkeit gewesen sein, das Gift ins Essen zu bekommen«, meinte Evert.

»Darauf hatte jeder Gast Zugriff«, stimmte Wiebke zu. »Nur sind wir damit nicht weiter. Wer war es? Wir haben beinahe neunzig Gäste!«

»Ich weiß, dass wir noch nicht mit allen gesprochen haben, aber zwei der drei Frauen, mit denen wir geredet haben, sind verdächtig«, meinte Evert. »Beide Frauen, Nesa Coordes und Rabea Memenga, besitzen möglicherweise das Fachwissen, Jakob Tebben zu töten.«

»Aber warum?«, fragte Wiebke. »Dann musst du auch Tjake Hettinga verdächtigen, und nach all den Jahren macht es doch für keine der Frauen Sinn, ihn umzubringen.«

»Vielleicht sehen sie ihn als schuldig an?«, spekulierte Evert.

»Schuldig woran? Erklär mir das«, bat Wiebke ihren Kollegen.

»Na ja, er ist derjenige, den sie gern gehabt hätten, aber nicht halten konnten. Dann haben sie sich entschieden, dass ihn niemand haben soll, vor allem nicht seine Ehefrau Feemke.«

»Und dann hat eine der Ex-Freundinnen sich in Vorbereitung des Treffens giftige Blumen besorgt und vorbereitet, um dann Herrn Tebben zu vergiften?«, fragte Wiebke skeptisch.

»Ich gebe zu, das ist dünn, aber andererseits: Jemand hat ihn vergiftet. Welchen besseren Ort gäbe es als bei einer Gelegenheit wie dem Buffet, wo auch viele andere Leute sind?«

»Jetzt, wo du es sagst«, meinte Wiebke nachdenklich. »Da waren wirklich viele Leute ...«

»Ja, und?«

»Ich musste an unser Gespräch mit Abbo denken. Wenn so viele Leute Zugriff auf das Buffet hatten, können wir nicht genau sagen, ob unser Opfer wirklich das Ziel des Mordanschlags war«, meinte Wiebke.

»Du meinst, es mangelt uns an jemandem mit einem guten Motiv, weil Jakob Tebben einfach Pech hatte und es kein

Motiv gibt? Jemand anderes war das Ziel?«, fragte Evert. »Wie sollen wir dann ermitteln?«

»Wir können nicht darauf warten, dass der Mörder es nochmal probiert«, meinte Wiebke.

»Da war doch dieser andere Gast«, meinte Evert. »Der sich übergeben musste.«

»Herr Visser erzählte davon«, sagte Wiebke, die sich auch erinnerte. »Er hatte sich um ihn kümmern müssen.«

»Wenn er das Ziel war? Er nahm nur ein wenig des Giftes zu sich und musste sich übergeben? Alle auf der Feier hielten es für übermäßigen Alkoholgenuss und niemand dachte sich etwas Böses dabei.«

»Der Name war Habbo«, meinte Wiebke und sah auf die Namensliste, die sie von Herrn Visser bekommen hatten. »Hier ist ein Habbo Bendiks auf der Liste. Wir sollten mal mit ihm reden.«

»Gut, ich rufe mal Dr. Elias an. Vielleicht gibt es ja Möglichkeiten, im Blut auch nach einiger Zeit noch eine Vergiftung nachzuweisen.«

*

Klaas Behrends legte den Telefonhörer auf. Der Polizist hatte mit dem Vater von Jakob Tebben gesprochen. Dieser weilte zurzeit in einer Finca in Spanien und hatte einige Fragen zum Tod seines Sohnes gehabt. Es war kein schönes Gespräch gewesen, doch Klaas wusste, wie nötig es war, den Angehörigen alles genau zu erklären. Der Vater würde erst in einigen Tagen nach Hause kommen, da Renovierungen seines Hauses anstanden. Er hatte eine Weile mit Klaas gesprochen, bis der Polizist begriffen hatte, dass der Mann versuchte herauszukommen, ob seine Anwesenheit direkt nötig war oder ob er sich einige Tage Zeit lassen konnte.

Klaas fand es seltsam, aber letztlich wusste er nicht genug über das Verhältnis von Vater und Sohn, um es abschließend einschätzen zu können.

Sein Diensttelefon klingelte und unterbrach seine Gedanken. Klaas nahm den Hörer ab.

»Moin, Klaas Behrends. Kriminalpolizei Aurich.«

»Moin, Marvin Blömker, Polizeitechnik Oldenburg, Abteilung digitale Forensik. Herr Behrends, Sie haben uns ein Telefon per Kurier geschickt, korrekt?«

»Das ist richtig.«

»Ich habe die halbe Nacht daran gesessen. Das Gerät ist recht hochwertig, was es mir einfacher gemacht hat, die Daten alle zu retten. Ich schicke Ihnen gleich einen Zugang zu allem, was auf dem Telefon war. Dann können Sie sich selber etwas durchwühlen. Es gab keine spezifischen Anweisungen, wonach wir suchen sollen, also habe ich mich auf eine einfache Datenrettung beschränkt.«

»Haben Sie vielen Dank«, sagte Klaas und verabschiedete sich.

Er legte auf und überlegte, ob ihnen die Daten auf Jakob Tebbens Telefon helfen konnten. Er würde sich das Ganze erstmal ansehen und dann vielleicht seine Mittagspause machen. Klaas wollte nicht zu spät in seine Stammkneipe, den Nachtwächter, gehen, denn heute gab es frische Krabben aus Greetsiel. Selbst wenn er jetzt nichts herausfand, war er sich sicher: In seiner alteingesessenen Stammkneipe in Aurich würde er nicht nur etwas Gutes zu essen bekommen, sondern auch auf einen guten Gedanken.

Kapitel 9

Evert beendete sein Telefonat.

»Dr. Elias sagt, es gibt zwar Tests, um mithilfe des Blutes zuverlässig eine Vergiftung mit Fingerhut nachzuweisen. Wenn Habbo Bendiks seit dem Samstagabend einen normalen Stoffwechsel hatte und sich an dem fraglichen Abend auch noch übergeben hat, dürfte die Wahrscheinlichkeit eines positiven Tests aber gering sein. Die meisten Stoffe müssten dann schon aus seinem Körper heraus sein.«

»Schade, aber wir sollten ihn dennoch um eine Blutprobe bitten, oder verstehe ich dich falsch?«, fragte Wiebke.

»Nein, Dr. Elias meinte, dass eine Probe sinnvoll ist, er wollte nur unsere Erwartungen angemessen dämpfen«, sagte Evert.

»Gut. Na ja, womöglich gibt das Gespräch ja doch Aufschluss darüber, ob wir hier ebenfalls ein Opfer oder sogar das eigentliche Opfer haben«, meinte Wiebke.

Evert musste ihr recht geben. Es konnte genauso gut sein, dass eigentlich mehrere Leute hätten vergiftet werden sollen, doch dass der Plan des Mörders schiefging.

Sie waren zur Adresse von Habbo Bendiks gefahren. In der Liste, die sie von Herrn Visser erhalten hatten, war leider keine Telefonnummer angegeben. Sonst hätten sie versucht, ihn vorher telefonisch zu erreichen. So mussten sie darauf hoffen, dass er zu Hause war oder sie zumindest erfahren konnten, wo er sich aufhielt.

Es war früher Nachmittag, als sie in dem Dorf Westerende-Kirchloog ankamen. Dieses gehörte zum Kreis Ihlow und war eine typische Fehn- und Moorsiedlung. Das hieß, es hatte keinen Dorfkern, sondern war vielmehr entlang einer oder mehrerer alter Verkehrswege entstanden. Im Fall dieses Dorfes kreuzten sich die Auricher und die Loogstraße. Hier am Hurringsweg gegenüber einem Kanal wohnte laut der Gästeliste Habbo Bendiks.

Sie fuhren in die Einfahrt des rot verklinkerten Hauses.

111

Nachdem sie ausgestiegen waren, wollte Evert zum Kofferraum gehen und ihn öffnen, als ein Hund an den Zaun des Gartens geschossen kam und bellte. Der fremde Hund sah aus wie ein Schäferhundmischling und knurrte, während er am dünnen Metallzaun hoch- und heruntersprang.

Evert hörte, wie Fiete sich im Inneren des Autos bewegte, da er natürlich auch den anderen Hund bemerkt hatte.

»Reicht jetzt«, rief jemand, und der Hund hörte auf zu bellen. Er sah noch einmal von Wiebke zu Evert, brummte und ging dann hinter das Haus.

»Du lässt deinen Hund besser im Auto«, meinte Wiebke.

Evert nickte, öffnete kurz die Klappe und strich Fiete über den Kopf, um ihm anzuzeigen, dass alles in Ordnung war. Fiete hatte sich wieder in der Hundebox hingesetzt und verzog das Gesicht zu einem entspannten Gähnen.

Dann schloss Evert den Kofferraum wieder. Er folgte seiner Kollegin zum Haus. Das Gebäude sah nicht ganz so aus wie die umliegenden Einfamilienhäuser und erinnerte Evert eher an ein mit den Jahren ausgebautes Bauernhaus. Möglicherweise war es auch mal als Altenteil für die Eltern eines Bauernhofbesitzers gedacht gewesen, und erst später war die Siedlung entstanden.

Evert und seine Kollegin blieben neben dem Eingang stehen und Wiebke betätigte die Klingel neben der Haustür.

Es dauerte einen Moment, bis die Tür geöffnet wurde. Im Inneren des Hauses hörten sie erneut den Hund bellen.

»Ja?«, fragte ein Mann, der die Tür einen Spalt weit öffnete, sodass die Kette hinter der Tür sich spannte. Während oben das Gesicht eines Mannes Anfang vierzig zu sehen war, war unten die Hundeschnauze zu erkennen. Der Hund versuchte sich durch den Spalt zu quetschen, während er gleichzeitig bellte und knurrte.

»Moin, Kriminalpolizei Aurich«, sagte Evert und stellte sich vor, während er dem Mann seinen Dienstausweis durch den Türspalt entgegenhielt.

112

Der Mann nahm ihn an und schaute kurz darauf, bevor er ihn zurückgab.

»Und was wollen Sie? Ich bin ziemlich fertig und würde mich gerne wieder hinlegen.«

»Wir wollen gerne mit Habbo Bendiks sprechen wegen der Feier am Ottermeer letzten Samstag«, erklärte Evert.

»Oh Gott, was ist passiert?«, fragte der Mann.

»Sie sind Herr Bendiks?«, versicherte sich Wiebke.

»Das ist richtig. Moment.«

Er schloss die Tür, löste die Kette und dann hörten sie, wie er mit dem Hund schimpfte. Eine weitere Tür schlug zu, bevor die Haustür sich erneut öffnete.

Habbo Bendiks trat zur Seite, um sie in den Flur zu lassen.

»Kommen Sie rein. Der Hund ist in der Küche eingesperrt, der stört jetzt erstmal nicht.«

Er führte sie durch den Hausflur in das Wohnzimmer. Dort setzten sich die beiden Polizisten auf ein Sofa gegenüber einem großen lederbezogenen Sessel, auf dem Habbo Bendiks Platz nahm.

»So, was ist los?«, wollte er wissen.

»Am Sonntag wurde ein Toter im Ottermeer gefunden. Es tut mir leid, Ihnen das mitteilen zu müssen. Es handelt sich um Ihren ehemaligen Mitschüler Jakob Tebben, der am Samstag auf der gleichen Feier war wie Sie«, sagte Evert.

»Der Jakob ist tot«, sagte Habbo Bendiks. »Und Sie suchen seinen Mörder?«

»Ja, das ist korrekt«, bestätigte Evert.

»Oh Mann. Wurde er auf der Feier umgebracht? Oder danach?«, erkundigte sich der Mann.

»Das wollen wir klären«, sagte Wiebke. »Darum sprechen wir mit allen Gästen.«

»Das ist sicher einige Arbeit«, sagte Habbo Bendiks. »Also gut. Was wollen Sie wissen?«

»Wie war Ihr Verhältnis zu Herrn Tebben?«, fragte Evert.

»Gut, würde ich sagen. Wir haben uns immer gut verstanden. Das war aber auch nicht schwer, ich habe nie viel mit ihm zu tun gehabt. Er hatte immer andere Kurse, und dann nach der Schule ... Wir hatten auch immer eher getrennte Freundeskreise. Das wurde dann nicht mehr Kontakt zwischen uns, sondern weniger, da wir wenig gemeinsame Freunde hatten.«

»Verstehe«, sagte Evert. »Haben Sie am Samstag trotzdem mit ihm geredet?«

»Nein, ich habe ihn nur kurz gegrüßt und das war's«, erinnerte sich Habbo Bendiks und kratzte sich am Kinn.

»Wissen Sie, wann Sie ihn das letzte Mal gesehen haben?«, erkundigte sich Wiebke.

»Wie das letzte Mal?«, fragte Habbo Bendiks.

»Wir wollen klären, wann er die Feier verlassen hat«, erläuterte Everts Kollegin.

»Ach so. Nein, also mir wurde irgendwann ziemlich schlecht. Vielleicht war irgendwas nicht gut am Buffet, vielleicht bin ich auch die Mengen Alkohol nicht mehr gewöhnt, aber ... Ich bin so gegen Mitternacht mal aufs Klo gegangen und musste mich übergeben. Das gab großes Geschrei, weil ich auf das Frauenklo gelaufen bin. Als wären die alle noch kleine Mädchen und hätten noch nie einen kotzenden Mann gesehen«, sagte er.

»Was geschah dann?«, fragte Evert.

»Dann kam der Hilko, Hilko Visser, und hat mich in so einem Nebenraum untergebracht. Das ist, glaube ich, eigentlich der Hauptraum vom Café. Also, wenn man reinkommt, ist es kein Neben-, sondern der Hauptraum. Da war aber nichts an dem Abend, und dann hat er mich da auf eine Bank gelegt. Das muss so gegen Mitternacht gewesen sein. Ich weiß nur, dass mir Hilkos Frau mal Wasser gebracht hat und ich mich ziemlich elend fühlte. Aber dann bin ich eingeschlafen und irgendwann hat mich Hilko geweckt und mich in sein Auto bugsiert. Auf der Fahrt ging es mir dann schon besser. Er wollte eigentlich, dass ich bei ihm penne und er ein Auge auf mich haben kann, aber ich habe darauf bestanden, dass er mich hierher nach Hause bringt. Ich bin dann direkt ins Bett gegangen und habe bis zum nächsten Mittag durchgeschlafen. Ich hatte vielleicht einen Durst! Ich hab mir dann ein paar

114

Tabletten gegen Kopfschmerzen aufgelöst, das hat früher schon gut gegen einen Kater geholfen.«

»Waren Sie bei einem Arzt?«, fragte Evert.

»Nee, wieso? Geht von allein weg.«

»Haben Sie Kaffee auf der Feier getrunken?«, fragte Wiebke.

»Nein. Da gab es welchen, aber ich hatte nur Bier und vorher mal Sekt. Das war sicher keine gute Idee«, sagte er.

»Haben Sie sich das Bier selbst abgezapft oder hat es Ihnen jemand gereicht?«, fragte Evert.

»Ich habe es mir selbst geholt. Da war eine kleine Zapfanlage, hat richtig Spaß gemacht, wenn man den Dreh raushatte«, erinnerte er sich.

»Niemand hat Ihnen mal eine Runde mitgebracht?«, fragte Wiebke.

»Nein, nur hin und wieder ging die Nesa mit einem Tablett mit Kurzen und Likören herum. Das hatte ihr, glaube ich, der Hilko in die Hand gedrückt, der lief nämlich auch am Anfang damit herum.«

»Welchen Nachtisch haben Sie auf der Feier gegessen?«, fragte Evert.

»Wie?«, fragte Habbo Bendiks überrascht.

»Wissen Sie noch, welchen Nachtisch sie vorgestern vom Buffet genommen haben?«, präzisierte Evert.

»Ich habe Schokoladenpudding gegessen«, sagte er. »Der war super. Oh, und dann gegen zwölf habe ich Hunger bekommen und diesen bitteren Limettenpudding probiert. War nicht meins, aber ich habe zu spät gesehen, dass es Limette war.«

»Sie haben nur wenig davon gegessen?«, fragte Evert.

»Ja«, sagte er langsam, als er nachdachte. Er hielt inne. »War was damit nicht in Ordnung?«

»Das wissen wir leider nicht. Allerdings wäre es möglich, dass das Gift darin war«, sagte Evert.

»Ich wurde vergiftet?«, sagte Habbo Bendiks und sprang dabei fast von seinem Stuhl auf.

»Bitte beruhigen Sie sich«, sagte Evert. »Sie sind nicht in akuter Gefahr!«

»Nicht in Gefahr? Sie sagen, ich wurde vergiftet!«

»Das Gift ist vermutlich längst aus Ihrem Körper ausgeschieden. Es könnte sein, dass Sie sich übergeben mussten, weil sich Gift in dem Pudding befand.«

»Wer will mich denn umbringen?«, fragte Herr Bendiks und setzte sich wieder. Er wirkte tief erschüttert. »Mich?«

»Es ist möglich, dass es ein Versehen war«, sagte Wiebke.

»Ich weiß, dass es beunruhigend klingen muss, aber es ist genauso möglich, dass Herr Tebben nicht das gewünschte Mordopfer war, sondern vielleicht Sie«, sagte Evert.

»Ich?«

»Es ist lediglich eine Vermutung. Ich verstehe, dass Sie das beunruhigt, aber es besteht unseres Wissens keine akute Gefahr. Aber falls nicht Herr Tebben Ziel des Angriffs war: Könnten Sie sich jemanden vorstellen, der ein Motiv hätte, Ihnen etwas anzutun?«, fragte Evert.

»Da müssen Sie sich irren«, sagte Habbo Bendiks. »Ich habe nichts getan, das jemanden dazu bringen könnte, mich umzubringen.«

»Manchmal sind es kleine Konflikte, die sich mit der Zeit hochschaukeln«, sagte Wiebke.

»Ja, aber ich habe keine Konflikte! Ich lebe hier zufrieden und gut!«

»Gibt es vielleicht ehemalige Partner oder Arbeitskollegen, mit denen es in letzter Zeit Ärger gab? Oder gab es Schwierigkeiten mit jemandem, der auch am Samstag auf der Abiturfeier zugegen war?«

Habbo Bendiks dachte eine Weile nach. Dann schüttelte er den Kopf.

»Nein, da ist nichts. Ich hatte die meisten Leute auf der Feier seit gut einem Jahrzehnt nicht gesehen, seit der letzten Feier!«, erklärte er. »Da müssen Sie sich irren.«

»Das ist nicht auszuschließen«, gab Evert zu. »Dennoch müssen wir auch diese Spur klären.«

Habbo Bendiks seufzte und schien etwas in sich zusammenzufallen. »Ist ja gut«, meinte er dann deutlich ruhiger. »Das ist furchtbar mit Jakob. Aber ich kann nicht glauben, dass man versucht haben soll, mich zu vergiften. Ich habe vielleicht zu viel getrunken, aber ... vergiftet? Nein. Das kann ich nicht glauben. Kann man nicht mein Blut testen?«

»Dafür kommen Sie bitte heute noch kurz zur Polizeiwache Aurich und geben eine Blutprobe ab«, sagte Evert. »Wir haben das mit einem Experten besprochen, und es ist möglich, dass der Test aussagekräftig ist. Leider ist es ebenso möglich, dass zu viel Zeit vergangen ist und die Menge des Giftes zu gering war, um ein abschließendes Ergebnis zu bekommen. Dennoch wollen wir es versuchen.«

»Okay.«

»Wissen Sie vielleicht noch, ob Sie den Pudding vom Buffet genommen oder von jemandem bekommen hatten?«, erkundigte sich Wiebke.

»Der stand da so rum in dem Raum mit dem Buffet. Ich weiß nicht mehr. Ich war etwas angetrunken.« Er schwieg und schüttelte anschließend den Kopf. »Nein, keine Ahnung«, meinte er. »Ich weiß Ihnen da nicht zu helfen. Tut mir leid.«

»Gut, wir melden uns vielleicht nochmal bei Ihnen«, sagte Evert und reichte ihm seine Karte. »Wenn Ihnen noch jemand einfällt, scheuen Sie sich nicht anzurufen und vergessen Sie bitte nicht, für die Abgabe der Blutprobe vorbeizukommen.«

»Das vergesse ich sicher nicht. Wenn mich jemand vergiften wollte, dann sagen Sie mir das aber sofort. Oder?«

»Natürlich würden wir Sie sofort informieren«, sagte Evert.

»Gut«, sagte Habbo Bendiks.

Sie verabschiedeten sich von ihm und verließen das Haus. Nachdem sie zurück im Dienstwagen waren, wollten sie gerade besprechen, wie sie nun vorgehen sollten, als Wiebkes Telefon klingelte.

Wiebke nahm den Anruf entgegen und stellte nach einem Blick auf den Bildschirm auf die Freisprechanlage.

»Ja, moin«, grüßte Klaas Behrends' Stimme.

»Moin, ich habe dich auf die Freisprechanlage gestellt«, sagte Wiebke. »Was gibt es?«

117

»Wo seid ihr?«, wollte ihr Kollege wissen.

»Bei Ihlow«, erklärte Wiebke und fasste ihrem Kollegen ihre bisherigen Ergebnisse zusammen.

»Dann fahrt mal gleich weiter nach Bedekaspel.«

»Wieso?«, wollte Wiebke wissen.

»Ich habe die Bewegungsdaten unseres Mordopfers mal angesehen.«

»Hast du dafür einen Beschluss?«, fragte Wiebke.

»Nein, aber ich habe auch lediglich geschaut, wohin er sich mit der Navigationsfunktion seines Telefons hat lotsen lassen. Da ist nicht wie für die Bewegungsdaten vom Provider ein Gerichtsbeschluss nötig. Das sind einfach nur Informationen, die auf seinem Telefon sind. Es ist zwar nicht immer so genau, aber ich dachte mir, es hilft, wenn man weiß, wo der Mann gewesen ist, um herauszufinden, wen er so gegen sich aufgebracht hat.«

»Was hast du in Erfahrung gebracht?«, fragte Wiebke.

»Jakob Tebben hat sich regelmäßig in Bedekaspel aufgehalten, alle paar Wochen, manchmal mehrmals die Woche. Ich hab erst gedacht, das ist was, was mit seiner Arbeit zu tun hat. Aber nach Rücksprache mit einer Frau Hannah Weers, die hier Unterlagen hergeschickt hat, weiß ich, dass sie keine Immobilie in Bedekaspel betreuen.«

»Das ist in der Tat interessant, kann aber auch irgendwas anderes sein«, sagte Evert.

»Darauf bin ich auch gekommen, aber es wird noch besser, Herr Doktor«, sagte Klaas. »Ich habe mir die Liste der Abiturienten auf der Feier angesehen. Es gibt eine Person auf der Feier, die in Bedekaspel wohnt: Frau Deetje Waalkes.«

»Ja, laut der Liste von Hilko Visser war sie auch auf der Feier«, sagte Wiebke mit Blick auf den Zettel.

»Und Jakob Tebben hat ihre Adresse sehr regelmäßig in sein Telefon eingegeben«, sagte Klaas. »Das ist schon mal eine Frage wert, oder?«

»Klaas, du denkst, dass Jakob Tebben eine Affäre mit ihr hatte?«, fragte Evert.

»Na, irgendeinen Grund hatte er, immer wieder bei ihr aufzutauchen. Ich meine letzte Woche zweimal, die Woche davor einmal, die Woche davor einmal«, sagte Klaas. »Das sieht schon interessant aus, wenn ein verheirateter Mann das macht. Laut Zeugenaussage haben die beiden auch auf der Feier getanzt. Nenn mich altmodisch, aber ich würde sagen, da liegt was im Busch.«

»Wenn man bedenkt, wie viele Frauen wir gefunden haben, die eine Rolle in seinem Leben gespielt haben, wäre es zumindest nicht verwunderlich, eine weitere entdeckt zu haben«, sagte Wiebke.

»Gut, ich spreche jetzt nochmal mit einem seiner Mitschüler von der Feier.«

»Wir melden uns, wenn wir etwas erfahren«, sagte Wiebke und legte auf.

Dann startete sie den Motor und fuhr los.

Kapitel 10

Wiebke bog in den Warfsweg in Bedekaspel ein. Dieser kleine Ort am Binnengewässer Großes Meer im Herzen von Ostfriesland lag etwas abseits der Feriensiedlung und des Campingplatzes. Das kleine Dorf war eher eine gewöhnliche Siedlung und nicht so voller Ferienwohnungen, wie sie einige Straßen entfernt standen.

Die Straße machte eine leichte Kurve. Hier am Ende einer Reihe von relativ neuen Häusern wohnte Frau Waalkes. Ihr Haus fiel ein wenig aus der Reihe heraus. Es war besonders ausladend gebaut und besaß ein kleines Vordach, das von vier griechischen Säulen getragen wurde. Das Haus war weiß verputzt und passte nicht wirklich in die hiesige Landschaft.

Wiebke parkte an der Straße, da die Einfahrt zum Haus durch ein metallfarbenes Tor verschlossen war. Nachdem sie und Evert ausgestiegen waren und der Hund aus seiner Box befreit war, gingen sie zum Tor und betätigten die Klingel daneben.

»Hoffen wir, dass sie da ist«, meinte Evert und deutete auf das Auto, das vor dem Haus parkte. »Irgendwer wird hoffentlich da sein.«

Fiete schnüffelte neugierig am Eisentor, während der kleine Lautsprecher neben der Klingel knackte.

»Ja?«, fragte eine Stimme.

»Kripo Aurich«, begann Evert sich und seine Kollegin vorzustellen. Er hob seinen Dienstausweis vor das Kameraauge, auch wenn er nicht wusste, ob man ihn auf der Aufnahme würde gut lesen können.

»Gut, kommen Sie rein«, sagte sie.

Das Tor öffnete sich und die beiden gingen die kurze Einfahrt entlang vorbei am parkenden Auto zum säulengerahmten Vordach des Hauses.

Die Haustür wurde geöffnet und eine Frau im Business-Kostüm trat zu ihnen. Sie war stark geschminkt und sah aus wie vielleicht Anfang dreißig. Wenn es Frau Deetje Waalkes war, konnte das allerdings nicht sein. Evert fand, dass sie entweder sehr jung aussah oder aber wirklich geschickt im Schminken war. Ihre blonden Haare waren zu einem Dutt gebunden und an ihren Ohren steckten kleine Diamanten-Knopf-Ohrringe.

»Moin«, sagte Evert und reichte ihr seinen Dienstausweis. »Sie sind Deetje Waalkes?«

»Das bin ich«, sagte sie und nahm den Ausweis entgegen, sah ihn sich kurz an und reichte ihn dann zurück. »Und was wollen Sie?«

»Auf der Feier am Samstag kam ein Mitschüler von Ihnen zu Tode. Wir ermitteln in diesem Fall und würden gerne einige Fragen stellen«, sagte Evert.

»Wer ist tot?«, fragte sie. Ihre Gesichtszüge blieben vollkommen beherrscht. Sie verriet nicht, was sie dachte.

»Jakob Tebben wurde ermordet«, erklärte Evert.

»Jakob?«, fragte sie und kurz, für wenige Sekunden, weiteten sich ihre Augen vor Überraschung. »Er ist ermordet worden?«

»Ja, es tut mir leid, Ihnen das mitteilen zu müssen. Können wir reinkommen und Ihnen einige Fragen stellen?«

»Ich muss gleich los«, sagte sie. »Es wäre mir lieber, wenn Sie nur eben Ihre Fragen stellen.«

»Ich denke, da ein Mann tot ist, können Sie sich einige Minuten Zeit für uns nehmen, oder?«, bat Evert.

»Ja, aber mehr als diese Minuten habe ich leider nicht. Ich bin nur kurz zu Hause und muss gleich weiter zu einer Immobilienbesichtigung in Dornum. Ich will nicht herzlos erscheinen, aber ich habe es eilig.«

»Sie arbeiten als Immobilienmaklerin?«

»Ja, ich bin Partnerin der Firma Ippen Immobilien. Vielleicht haben Sie schon von uns gehört.«

»Tatsächlich«, sagte Evert, der sich daran erinnerte, dass Herr Ubbe die Firma als seine Konkurrenten erwähnt hatte. »Sie sind erst seit Kurzem in Ostfriesland aktiv?«

»Ich arbeite mein ganzes Erwerbsleben schon in der Immobilienbranche in Ostfriesland. Allerdings hat ein Freund von mir vor Kurzem Ippen Immobilien gegründet und mich als Teilhaberin aufgenommen. Nun arbeite ich nicht mehr für andere, sondern lasse auch für mich arbeiten.«

»Meinen Glückwunsch dazu. Das ist sicher viel Arbeit.«

»Ist es, darum wäre ich dankbar, wenn wir schnell durchkommen mit den Fragen.«

»Natürlich. Kannten Sie Herrn Tebben gut?«

»Ein wenig. Wir haben zusammen Abitur gemacht und er gehörte nicht zu meinen Freunden. Aber die Immobilienbranche ist nicht sonderlich groß in Ostfriesland, also sieht man sich regelmäßig. Unser Kontakt während der letzten Jahre war vor allem über die Arbeit.«

»Da müssen Ihnen einige Treffen mit Herrn Tebben entgangen sein«, sagte Evert.

»Ich weiß nicht, was Sie meinen«, sagte Frau Waalkes und verschränkte die Arme vor der Brust.

»Wann haben Sie Herrn Tebben das letzte Mal vor der Feier am Wochenende gesehen?«, fragte Evert.

»Das muss einige Wochen her sein, bei einer Hausbesichtigung. Seine Firma hatte eine Immobilie auf der anderen Straßenseite und sein Termin war schon rum. Wir haben uns nach meiner Besichtigung kurz unterhalten.«

»Sicher, dass er nicht letzte Woche hier war?«, fragte Wiebke und sah dabei auf ihr Telefon. Evert konnte auf ihren Bildschirm sehen und erkannte, dass Klaas ihr die Auswertung der Bewegungsdaten von Jakob Tebbens Telefon geschickt hatte.

Wiebke nannte die ungefähre Uhrzeit und das Datum der letzten Besuche.

Deetje Waalkes' Mund verzog sich zu einem schmalen Strich. »Ja, das ist möglich. Was wollen Sie andeuten?«

»Wir deuten nichts an. Wir wissen, dass er hier war, und würden gerne wissen, wieso. Denn er hat Sie sehr regelmäßig besucht«, erklärte Evert.

»Sie wollen wissen, ob ich eine Affäre hatte«, stellte Deetje Waalkes fest und spielte mit dem Ehering an ihrem Finger, während sie dies sagte.

122

»Wir klären, in welcher Beziehung die Leute zum Opfer standen, die ihn zuletzt auf der Feier am Wochenende gesehen haben. Dafür ist so etwas sehr wichtig zu wissen«, sagte Evert. »Es geht uns nicht darum, Gerüchte zu verbreiten oder zu urteilen. Wir wollen nur die Fakten wissen.«

»Urteilen werden Sie doch, aber falsch«, sagte Deetje Waalkes. Sie biss sich kurz auf die Unterlippe und sah dann auf ihre Uhr. »Also gut, ich sage Ihnen, warum er immer hier war.«

»Wir bitten darum«, sagte Evert.

»Wissen Sie, wie man bei Ubbe Immobilien bezahlt wird?«

»Man bekommt ein Grundgehalt und Prämien dazu für eine erfolgreiche Arbeit«, sagte Evert.

»Das ist richtig. Aber was ist, wenn Sie jetzt einen Kunden haben, den Sie nicht zufriedenstellen können? Sie wissen aber, dass der Kunde eine Immobilie besitzt oder sucht, und doch können Sie mit dem Wissen nichts anfangen. Da will jemand verkaufen oder kaufen, Sie haben aber nicht das Angebot, das er will …«, sagte sie und lächelte. »Da wäre es gut, jemanden zu kennen, oder?«

»Das heißt, er kam regelmäßig mit Firmengeheimnissen seines Arbeitgebers zu Ihnen nach Hause«, sagte Evert.

»So kann man das sehen, ja. Ich würde sagen, er hat einer Freundin einen Tipp gegeben.«

»Und dafür hat er was erhalten? Auch einen Tipp?«, fragte Wiebke.

»Ich weiß nicht, was Sie andeuten wollen. Ich habe ihn bezahlt. In bar«, sagte sie. »Ich bin glücklich verheiratet und sehe keinen Grund, das zu gefährden. Jakob und ich hatten eine rein geschäftliche Beziehung.«

»Wann fing das an?«, fragte Evert.

»Kurz nach der Gründung von Ippen Immobilien habe ich ihn getroffen. Es war Zufall. Wir kamen ins Gespräch und ich habe ihn nach einem Tipp gefragt. Er wollte erst nicht, hat mir dann aber einen Mann genannt, der eine gute Immobilie hatte, die er verkaufen wollte. Allerdings nicht an Jakob, denn bei Jakobs

123

Firma ist auch der Bruder dieses Mannes ein Kunde, und die beiden hassen sich. Also hat er mir damit ein wenig geholfen. Ich habe ihm Bargeld gegeben und ihm gefiel die Idee, aus lukrativen Kunden seiner Firma noch einen Nebenverdienst zu machen.«

»War er zufrieden damit?«, fragte Evert.

»Sehr, der Zuverdienst gefiel ihm gut«, sagte Deetje Waalkes. Sie sah erneut auf ihre Armbanduhr. »Jetzt müsste ich auch langsam los, um meine Kunden nicht warten zu lassen. Haben Sie noch weitere Fragen?«

»Wann haben Sie die Feier gestern verlassen?«, fragte Evert.

»Um Viertel nach elf. Ich war müde und wollte nicht zu spät fahren. Hier auf dem platten Land ist im Dunkeln einiges an Tieren unterwegs, und ich wollte nicht zu müde sein, um noch ausweichen zu können.«

»Haben Sie auf der Feier mit Jakob Tebben gesprochen?«, erkundigte sich Wiebke.

»Nicht mehr als eine Begrüßung, und das war es. Unsere Freundeskreise haben sich damals nicht überschnitten, und sie tun es heute nicht.«

»Sicher, dass da nicht mehr war? Sie haben nicht getanzt?«, fragte Wiebke.

»Ja, stimmt. Bevor ich gefahren bin. Vielleicht war es doch eher so gegen zwanzig nach elf. Vorher hat er mich zum Tanz aufgefordert, und ich habe ja gesagt. Er kann charmant sein, wenn er will. Oder er konnte vielmehr.«

»Sie scheinen nicht besonders getroffen zu sein von seinem Tod«, stellte Evert fest.

Sie seufzte. »Er ist tot. Das ist furchtbar, ich will da nicht pietätlos wirken. Aber er ist ein Bekannter, mit dem mich geschäftlich ein wenig verband und mit dem ich zur Schule ging. Mehr nicht. Tut mir leid, dass ich nicht so sentimental bin, wie Sie mich gerne hätten. Das war ich noch nie.«

»Es ist keine Straftat, kontrolliert zu sein«, gab Evert zu. »Aber dennoch wüsste ich zum Abschluss gerne, wie Ihre persönliche Einschätzung zu Jakob Tebben war.«

Sie sah erneut auf die Uhr.

»Er war ein Aufschneider. Das ist toll in meinem Beruf, wenn Sie jemandem was verkaufen wollen. Aber es ist anstrengend für alle um ihn herum. Er verspricht, aber liefert nicht. Als Frau möchte ich so einen Mann nicht. Als Maklerin kann ich mit so jemandem arbeiten, weil er professionell blieb. Sonst hätte ich mich nie auf so einen Handel mit ihm eingelassen.«

»Können Sie uns belegen, dass Sie diese Zahlungen getätigt haben?«, fragte Wiebke.

»Es waren Barzahlungen, wie sollte ich das tun? Wollen Sie eine Quittung für ein illegales Geschäft?«, gab die Frau zurück.

»Weiß jemand in Ihrer Firma davon? Gibt es Belege für das Geld? Irgendwo muss es ja hergekommen sein«, meinte Wiebke.

»Ich habe es von meinem eigenen Geld genommen. Immerhin bekomme ich wiederum Prämien für erfolgreich abgewickelte Geschäfte. Es ist also aus meiner Sicht lediglich eine Anschubfinanzierung, die ich Jakob gegeben habe, um dann selbst eine deutlich höhere Rendite zu bekommen durch einen Tipp von ihm, mit dem ich neue Kunden bekommen konnte. Reicht Ihnen das?«

»Ja, vorerst«, sagte Evert und reichte ihr seine Karte.

Sie nahm sie beinahe widerwillig entgegen.

»Dann will ich jetzt meine Sachen holen und zu meinem Termin losfahren«, sagte sie. »Ich mache Ihnen von drinnen das Tor auf.«

Sie verabschiedeten sich von ihr, und als sie zurück zum Tor gingen, fuhr das tatsächlich vor ihnen auf.

»Denkst du, sie könnte es gewesen sein?«, fragte Evert, während sie zurück zum Auto gingen.

»Nun, sie könnte eine Affäre mit Jakob Tebben gehabt haben, und er wollte das beenden. Das wäre ein Motiv«, meinte Wiebke und schloss den Wagen auf.

»Aber warum sollte uns Frau Waalkes dann so eine Geschichte auftischen? Es kann auch sein, dass es wahr ist, was sie sagt, und er ihr lediglich Tipps gegen Geld gegeben hat.«

125

Evert öffnete die Kofferraumklappe und ließ den Hund in seine Box.

»Auch das wäre ein Motiv, hätte er das Arrangement beenden wollen«, meinte Wiebke. »Er wäre durch sein Wissen dann sogar eine mögliche Bedrohung gewesen.«

»Nur wie weisen wir das nach?«, fragte Evert.

»Wir könnten mit Deetje Waalkes' Mann sprechen«, sagte Wiebke.

»Das können wir versuchen, solange er sich nicht auf sein Recht als Ehepartner beruft, die Aussage gegen seine Frau zu verweigern.«

»Wenn Jakob Tebben zu seinem monatlichen Gehalt immer noch eine Prämie in bar von der Konkurrenz bekam, könnten wir das in seinen Finanzunterlagen nachvollziehen«, schlug Wiebke vor. »Entweder hat er das Bargeld eingezahlt oder aber immer wieder teure Käufe getätigt, ohne dass vorher Abhebungen getätigt wurden.«

»Ja, und wir sollten mit seiner Frau sprechen, sowohl über die Möglichkeit einer Affäre als auch über seinen möglichen Nebenverdienst«, sagte Evert. Wiebke startete den Wagen.

»Gut, dann fahren wir nach Aurich und gehen auch nochmal durch, was wir bisher wissen«, sagte sie. »Möglicherweise finden wir ja noch weitere Verbindungen zwischen Herrn Tebben und einer der verdächtigen Frauen in seinem Leben.«

Sie fuhren zurück nach Aurich.

Kapitel 11

Evert ließ Fiete aus dem Auto, das im Innenhof der Polizeiwache Aurich geparkt worden war. Der Hund jammerte ein wenig und sah sich um.

»Er muss mal und ich nutze das, um mir einen Kaffee zu holen«, sagte Evert. »Soll ich dir was von Oma Tieske mitbringen?«

»Nein, lass gut sein. Ich mache mir einen Tee«, sagte Wiebke.

Evert nickte seiner Kollegin zu und zusammen mit dem schwarzen Labrador Retriever ging er aus dem Innenhof der Polizei Aurich heraus über den breiten Fischteichweg, um zum Georgswall zu gelangen. Dort gab es einen breiten Grünstreifen. Hier steuerte Fiete sofort einen der Bäume an und erleichterte sich.

In einiger Entfernung war ein Kinderspielplatz, von dem die Rufe der spielenden Kinder herüberwehten. Nicht weit davon stand Oma Tieskes Kiosk.

Die kleine Bude hatte sich in all den Jahren kaum verändert, lediglich hier und da hatte es mal einen neuen Anstrich gegeben. Sie schien genauso zeitlos zu sein wie die alte Frau hinter der Bedientheke, die sich auch seit Everts Schulzeit kein bisschen verändert zu haben schien.

»Moin, min Jung«, sagte Oma Tieske freundlich, als sie Evert entdeckte. »Willst du einen Kaffee?«

»Sehr gerne«, sagte er.

Sie drehte sich um und holte einen Becher, den sie mit Kaffee füllte und ihm hinstellte.

»Habt ihr keine Verdächtigen in eurem Fall?«, fragte sie.

»Im Gegenteil. Wir haben lauter Verdächtige und im schlimmsten Fall können wir es nicht beweisen«, sagte er.

»Das klingt so, als bräuchtest du ein bisschen extra Nervennahrung. Wie wäre es mit en bietje söte Kraam? Ich habe jetzt auch Colaschlangen.«

»Mach mir mal eine kleine Tüte Buntes fertig«, sagte Evert. »Wer weiß, wie lange der Tag heute wird.«

»Kommt sofort.«

Sie begann, ihm eine kleine Papiertüte mit unterschiedlichen Fruchtgummis zu füllen.

Als sie fertig war und ihm die Tüte hinstellte, bezahlte er die Süßigkeiten und den Kaffee.

»Danke«, sagte Evert.

»Ihr befürchtet, dass der arme Mann am Ottermeer von einem seiner ehemaligen Klassenkameraden umgebracht wurde?«, fragte Oma Tieske.

»Du bist gut informiert«, sagte Evert.

»Ach, heute kam auch etwas im Radio dazu.«

Evert erinnerte sich an das Gespräch mit Abbo. Inzwischen war die Pressemitteilung vermutlich längst raus.

Oma Tieske holte ein Hundeleckerchen unter der Theke hervor.

»Fiete«, sagte sie, um die Aufmerksamkeit des Hundes zu bekommen.

Der Hund, der bisher neben Evert gestanden und neugierig zum Kinderspielplatz gesehen hatte, sah sich um. Erst nach links, dann blickte er nach rechts, bis es ihm dämmerte und er den Blick hob.

Als er das Leckerchen sah, hob er neugierig die Augenbrauen und sein Schwanz begann zu wedeln. Er setzte sich sofort auf den Hintern und leckte sich die Schnauze.

»Fang«, sagte Oma Tieske. Der Hund sprang ein Stück hoch, um das Leckerchen zu fangen, und es verschwand sofort in seinem Mund.

»Er soll ja auch mal was bekommen, wenn du eine ganze Tüte hast«, meinte die alte Frau, als sie zu Evert sah.

»Das ist richtig«, stimmte er ihr zu.

»Aber sollte so ein Fall nicht eigentlich ganz leicht sein? Da ist ein Mann tot und ihr klärt, wer mit ihm zuletzt zusammen war«, meinte Oma Tieske.

»Ja, das ist alles sehr vertrackt. Es gibt eine ganze Reihe von Verdächtigen, da er vor seinem Tod auf einer Feier voller Leute war.«

»Das ist natürlich schwierig. Aber ihr schafft das schon. Sonst finden die Angehörigen ja nie Ruhe.«

»Ich weiß«, sagte Evert. »Wir tun unser Möglichstes.«

»Es ist immer furchtbar, wenn ein geliebter Mensch stirbt«, meinte Oma Tieske. »Das ist bei diesem Herrn Tebben nicht anders.«

»Hmm«, brummte Evert und trank einen Schluck von seinem Kaffee. Dann hob er den Blick. »Woher weißt du den Namen unseres Opfers? Der kam sicher nicht im Radio.«

»Nein, den weiß ich von so einer jungen Frau mit ziemlich blonden Haaren. Die war gestern hier und ganz aufgelöst«, sagte Oma Tieske.

Evert nahm an, dass es sich um Tjake Hettinga handelte.

»Und die hat dir erzählt, dass er tot ist?«

»Ja. Sie hat wohl ziemlich starke Gefühle für ihn gehabt, so wie sie durch den Wind war. Ich habe ihr erstmal einen Tee angeboten, der ging aufs Haus. Ich kann doch nicht nichts sagen, wenn hier eine weinende Frau vorbeigeht, oder? Also habe ich sie hergebeten und am Ende hat sie ein wenig erzählt. Sie hat wohl sehr an dem Toten gehangen und immer wieder versucht Kontakt aufzunehmen, aber er wollte nicht. Hat wohl eine andere geheiratet, das fand sie nicht gut. Aber ich habe ihr gesagt, dass das so nicht geht. Man kann als gestandene Frau ja nicht ewig hinter einem Kerl herlaufen, der einen nicht will. Das geht doch nicht.«

»Nein, das geht nicht«, sagte Evert und suchte auf die Schnelle ein Bild der Frau im Internet heraus. Er fand eines auf der Internetpräsenz der Schule, an der Tjake Hettinga als Lehrerin tätig war. »War das diese Frau, die sagte, sie hat ihn immer wieder versucht rumzukriegen?«

»Ja, das war sie.«

»Und sie sagte, sie hatte immer wieder Kontakt zu ihm in den letzten Jahren?«

»Ja, er habe ihr wohl mit dem Gericht gedroht, weil er sich belästigt fühlte. Das fand sie übertrieben«, meinte Oma Tieske.

»Aber das Gericht muss man doch nicht mit einbeziehen unter

Erwachsenen. Da kann man doch reden. Aber steckt man ja nicht drin.«

»Nee, steckt man nicht drin«, gab ihr Evert recht. In seinem Kopf arbeitete es. Das war eine deutlich andere Darstellung der letzten Jahre, als Tjake Hettinga ihnen gegenüber gemacht hatte.

»Wenn du dir mal einen ordentlichen Haarschnitt verpassen würdest, wären die Frauen auch so vernarrt in dich«, meinte Oma Tieske.

»Vielleicht«, gab Evert zurück.

»Ich könnte das auch ganz schnell mal für dich machen. Ich habe meinen Kindern früher auch immer die Haare geschnitten. Das geht gut mit ein paar ordentlichen Scheren«, meinte sie. »Dann sind die Fraulüü ganz wild nach dir. Oder hast du eine Freundin? So heißt das doch heute, wenn man in wööster Ehe lebt, oder?«

Evert musste schmunzeln. »Nein, im Moment habe ich keine Freundin«, sagte er. »Die Arbeit ist sehr einnehmend und da bleibt wenig Zeit für so etwas.«

»Na, ich denke ja, mit einer etwas ansprechenden Frisur würdest du nicht nur besser aussehen, sondern auch gleich den richtigen Frauen auffallen. Du bist doch immerhin Kriminalkommissar«, sagte sie. »Aber bei den Haaren sieht man ja von hinten nicht mal gleich, dass du ein Keerl bist, wenn du eine dicke Jacke trägst.«

Evert nahm ihr die Bemerkung nicht übel. Er hörte die ehrliche Sorge der alten Frau in ihrer Stimme, dass er mit seiner Frisur keine Partnerin finden würde.

»Da hilft der Bart, denke ich«, meinte er und deutete auf seine Schifferkrause.

»Na ja, manche Fraulüü mögen ja so stiekelharige Mannlüü«, meinte sie unverbindlich.

»Manche mögen das«, stimmte er ihr zu. Er wollte gerne das Thema wechseln. Sie sagte nichts auf seine Bemerkung hin und sah dem Hund zu, der sich gegen die Außenwand des

Kiosks stemmte, um sich von der alten Frau den Kopf etwas kraulen zu lassen.

»Ich hoffe, ihr findet den Mörder«, meinte Oma Tieske dann. »Diese Frau scheint sehr mitgenommen zu sein durch seinen Tod.«

»Das ist sie sicher«, sagte Evert. Er hatte die Süßigkeitentüte in seine Manteltasche gesteckt. »Ich muss leider weiter. Noch ist meine Arbeit nicht getan.«

»Ja, du kannst ja nochmal vorbeikommen, wenn du ihn gekriegt hast«, meinte Oma Tieske.

Er verabschiedete sich von ihr und ging zurück zur Polizeistation. Dabei kreisten seine Gedanken um das Gespräch mit Oma Tieske.

Er betrat das Büro der Kriminalpolizei.

Wiebke grüßte ihn und sagte: »Ich habe gerade mal die Freundin von Frau Weers angerufen. Sie bestätigt das Alibi von Frau Weers«, sagte Wiebke. »Herrn Simon Platenkamp, dem Kollegen von Jakob Tebben, habe ich eine E-Mail geschickt. Mal sehen, wann wir die Antwort aus Chile erhalten.«

»Super«, sagte Evert und hängte seinen Mantel an den Haken neben seinem Schreibtisch.

»Außerdem habe ich versucht, mit Frau Waalkes' Mann Kontakt aufzunehmen. Der ist aber beruflich in Asien und ich warte nun erstmal auf einen Rückruf. Ach ja, und die Pizzeria hat das Alibi von Tomke Ubben bestätigt. Er war zumindest um acht Uhr am Sonntag im Büro und hat eine Pizza entgegengenommen.«

»Okay.«

»Ist was?«, fragte Wiebke. »Du siehst nachdenklich aus.«

»Tjake Hettinga ist wohl bei Oma Tieske vorbeigekommen, nachdem sie mit uns gesprochen hat«, sagte Evert.

»Oma Tieske kennt aber auch jeden in Ostfriesland«, meinte Wiebke trocken.

»Irgendwie schon. Aber es hat mich nachdenklich gemacht«, sagte Evert. Er saß nun an seinem Dienstcomputer und rief das Aktenverzeichnis der Polizei auf. »Tjake Hettinga hat ihr

131

gegenüber ein wenig andere Aussagen gemacht als uns gegenüber. Frau Hettinga hat die letzten Jahre wohl immer wieder Kontakt zu Herrn Tebben gesucht.«

»Das ist Hörensagen. Bist du dir sicher, dass Oma Tieske sich nicht nur falsch erinnert?«

»Es ist möglich, aber in der Zusammenfassung klang es, als wäre die Aufmerksamkeit von Herrn Tebben nicht gewünscht gewesen und er habe sich verfolgt und belästigt gefühlt.«

»Das wäre zugegebenermaßen interessant. Du hattest schon nachgesehen, ob er mal Anzeige erstattet hat, oder?«

»Ja.«

»Wenn es durch ihn also bereits eine Anzeige gegeben hätte, hätten wir die ja schon gefunden«, sagte Wiebke.

»Das stimmt«, meinte Evert und trank einen Schluck seines Kaffees. »Aber Oma Tieske hat Frau Hettinga identifiziert, als ich ihr ein Foto zeigte. Sie hat bestätigt, dass es Tjake Hettinga war, die ihr das erzählte.«

»Du glaubst, dass sie alles richtig wiedergegeben hat?«

»Ich habe keinen Grund, es nicht zu tun. Du weißt, dass sie im Allgemeinen gut informiert ist. Wir könnten mit Frau Hettinga sprechen.«

»Das halte ich für keine gute Idee. Wir haben nichts, was diese Anschuldigung untermauert«, meinte Wiebke. »Was soll verhindern, dass sie einfach nur sagt: ›Stimmt nicht‹, und das war's? Wir könnten weitere Zeugen gebrauchen.«

»Du hast recht. Lass uns mit Feemke Tebben oder Markus Ulferts sprechen. Einem von beiden könnte er es erzählt haben.«

»Ich rufe seine Frau an, wenn du mit Herrn Ulferts sprichst«, sagte Wiebke.

Evert nickte und suchte sich kurz die Telefonnummer heraus. Es klingelte mehrmals, doch Markus Ulferts ging nicht heran. Also suchte sich Evert kurz die Nummer von Ulferts' Autowerkstatt heraus. Er bat die Sekretärin, ihn mit dem Chef zu verbinden.

»Moin, Ulferts«, meldete der sich schließlich. »Was kann ich für Sie tun, Herr Kommissar.«

»Ich habe nur eine kurze Nachfrage, die sich im Rahmen unserer Ermittlungen ergeben hat. Wir haben eine unbestätigte Aussage, dass Herr Tebben von einer Frau verfolgt wurde, die ihn auch belästigt haben soll. Hat er Ihnen gegenüber davon etwas erwähnt?«

Markus Ulferts schwieg einen Moment.

»Ja, da war was. Jetzt, wo Sie es sagen … aber das ist sicher eine Weile her.«

»Erinnern Sie sich trotzdem noch?«, fragte Evert.

»Ich denke, das ist mindestens ein Jahr her«, erinnerte sich Markus Ulferts. »Da war so eine Frau, die hat ihn belästigt. Wollte nicht akzeptieren, dass ein Nein auch genau das heißt. Irgendeine frühere Flamme, glaube ich. Aber das ist nicht dramatisch gewesen. Er hat gesagt, das nervt, und ich habe ihm gesagt, er soll mal mit einem Anwalt wegen einer einstweiligen Verfügung reden. Aber er meinte, so sehr eskaliert sei das noch nicht, und er wollte mal das Gespräch suchen, bevor er mit dem Gericht droht. Danach hat er es nie wieder erwähnt, glaube ich. Tut mir leid, ist schon einige Zeit her.«

»Gut, trotzdem haben Sie vielen Dank.«

Evert verabschiedete sich und sah zu Wiebke, die ebenfalls ihr Telefonat beendet hatte.

»Feemke Tebben sagt, dass es früher wohl mal so ein Problem gab. Das war vor mehr als zwei Jahren und damals hat sie nur sporadisch Kontakt mit Herrn Tebben gehabt und sie waren noch nicht fest zusammen. In letzter Zeit hat er ihr von keinem Problem berichtet.«

»Markus Ulferts erzählte mir etwas anderes«, sagte Evert und fasste ihr zusammen, was der Mann gesagt hatte. »Es könnte also die gleiche Frau sein, die immer wieder Jakob Tebben belästigt hat. Es könnte Tjake Hettinga sein.«

»Nur hat er sie nie angezeigt und es ist nicht aktenkundig«, meinte Wiebke.

133

»Aber es würde passen. Sie hatte die Gelegenheit und vielleicht ist das Motiv ganz klassisch verschmähte Liebe.«

»Und dann bringt sie ihn um, damit ihn niemand haben kann?«, fragte Wiebke.

»Vor allem nicht die Frau, die er geheiratet hat«, sagte Evert. »Das wäre ein Motiv.«

Wiebke wirkte auf ihn noch nicht ganz überzeugt.

»Also gut«, sagte sie und sah auf ihre Uhr. »Wir fahren zu ihr nach Hause und sprechen mit ihr darüber. Dann sehen wir weiter. Es ist ein Ermittlungsansatz, den wir verfolgen sollten.«

Evert nickte und trank seinen Kaffeebecher leer, bevor er sich seinen Mantel schnappte und mit Wiebke das Büro verließ. Fiete hatte schon den Kopf gehoben, als Evert den Mantel genommen hatte, und der Hund war bereits bei der Tür, bevor Evert ihn angezogen hatte.

Nach dem Einladen des Hundes fuhren sie nach Emden. Im Friedensweg im Norden Emdens wohnte Tjake Hettinga. Evert war schon ein paar Mal hier in der Nähe mit seinem Hund gewesen, denn nur wenige Meter von hier begann der Emder Stadtwald.

Evert ließ Fiete aus dem Kofferraum. Er legte ihm diesmal keine Leine an, hatte sie aber in der Manteltasche dabei.

Sie gingen zur Haustür. Das Gebäude war ein modernes weißes Zweiparteienhaus. Es gab zwei nebeneinanderliegende Eingangstüren. Laut dem Klingelschild gehörte die rechte Tür Frau Hettinga. Evert klingelte.

Ihm und Wiebke wurde kurz darauf geöffnet. Frau Hettinga sah sie an und fragte: »Moin, was wollen Sie denn hier?«

»Wir hätten noch ein paar Fragen an Sie, die sich im Rahmen der Ermittlungen ergeben haben.«

»Klar, kommen Sie rein. Ich bin grad dabei, mir was zu essen zu machen.« Sie hob etwas entschuldigend die Hände.

»Darf der Hund ebenfalls mit hereinkommen?«, fragte Evert.

»Sicher, so schöne Hunde sind immer willkommen«, sagte sie. »Darf man ihn streicheln?«

»Darf man«, sagte Evert. Sie beugte sich vor und streckte die Hand aus. Fiete sah zu Evert, entschied, dass sein Herrchen ruhig war und er es auch sein wollte, und ließ sich den Kopf kraulen.

Dann ging Frau Hettinga in den Flur ihrer Wohnung. Der Hausflur war nur wenige Meter groß und bot so gerade eben vier Türen Platz. Eine war mit Badezimmer beschriftet, die anderen beiden geschlossen. Die vierte Tür war angelehnt, und durch diese führte sie Frau Hettinga in eine großzügige Wohnküche. Von hier aus hatte man durch zwei große bodentiefe Fenster einen guten Blick in einen Garten, der ebenso groß zu sein schien wie die Wohnküche und rundherum mit Hochbeeten vollstand.

In der Küche gab es eine freistehende Theke, auf deren Oberseite eine Marmorplatte angebracht worden war. Die Stützen der Theke dienten gleichzeitig als weiß gestrichenes Holzregal, in dem sich Töpfe und Pfannen stapelten. Es gab keine Seitenwände, sodass man von allen Seiten die Töpfe und Pfannen auf den Regalbrettern sehen konnte. Auf Evert wirkte das Ganze dadurch allerdings eher unordentlich, da man so alles sehen konnte, was im Regal war, und es den Charakter eines Warenhausregals bekam. Fiete lief ein wenig herum.

Auf der freistehenden Theke lag ein Backblech, auf dem eine Pizza vorbereitet worden war. Tjake Hettinga hob das Blech an, und ein wenig vom frisch geriebenen Käse fiel auf den Boden, als sie die Pizza in den Ofen steckte.

»Frau Hettinga, Sie sagten, Sie hatten schon länger keinen Kontakt mehr zu Herrn Tebben. Stimmt das?«, fragte Evert. Er sah, dass Fiete sich neugierig umsah, wollte sich jetzt aber komplett auf das Gespräch konzentrieren.

»Ja, das habe ich gesagt«, antwortete Tjake Hettinga.

»Wir haben anderslautende Aussagen gehört. Sie sollen ihn verfolgt haben«, sagte Evert.

»Wer behauptet denn sowas?«, fragte sie.

»Das steht hier nicht zur Debatte. Wir haben mit einigen Leuten gesprochen, die unabhängig voneinander behauptet

135

haben, dass eine Frau ihn belästigt hat. Eine Quelle nannte Ihren Namen in diesem Zusammenhang«, wich Evert aus und beobachtete ihre Reaktion.

»Das ist Unfug. Sie glauben bloßen Gerüchten.«

»Sie haben nicht doch hin und wieder versucht, mit Herrn Tebben Kontakt aufzunehmen?«, fragte Evert.

Fiete war derweil ein wenig von ihm weggegangen und schnüffelte unter der Küchenzeile.

»Ich habe mich vielleicht mal vor einem Jahr bei ihm gemeldet«, sagte sie und hob in einer beinahe entschuldigenden Geste die Hände. »Ich war sentimental und hab ihn bei einer Hausbesichtigung gesehen. Also bin ich rechts rangefahren, habe geparkt und ihn angesprochen. Um der alten Zeiten willen.«

»Es klang aber eher so, als wäre das mehr als eine Gelegenheit gewesen«, meinte Evert.

»War es aber nicht. Da müssen sich die Leute irren.«

»Wie empfand Jakob Tebben Ihre Kontaktaufnahme?«, erkundigte sich Wiebke.

»Als unerwünscht«, gab sie zu. »Wir haben etwas geredet und ich habe ihm gesagt, er soll sich ruhig mal wieder melden. Das tat er nie. Das war es.«

»Sind Sie sicher, dass Sie nicht vielleicht mehr als einmal versuchten, mit ihm Kontakt aufzunehmen?«, wollte Evert nicht aufgeben. Er wusste es nicht, doch hatte er das Gefühl, dass die Frau nicht die ganze Wahrheit sagte.

Fiete schmatzte und Evert bemerkte, dass der Hund außer Sicht war. Evert kannte das Geräusch, sein Hund aß irgendetwas!

»Fiete, hierher«, sagte er und der schwarze Labrador Retriever kam zu ihm getrottet.

»Na ja, vor einigen Jahren habe ich schon mal versucht, mit ihm Kontakt aufzunehmen. Er hat nie Interesse gezeigt. Und jetzt ist er tot und ich werde ihn nie wiedersehen.« Sie blinzelte und eine einzelne Träne lief ihre Wangen herunter. »Hat Ihnen

Rabea so einen Unfug über mich erzählt? Sie hat mich noch nie gemocht«, meinte sie.

»Es gab mehrere unabhängige Äußerungen dieser Art. Sie sagen also, es gab nur eine versuchte Kontaktaufnahme vor einem Jahr und Herr Tebben hat Ihnen nicht mit einem Kontaktverbot oder einer Anzeige bei der Polizei gedroht?«

»Nein, wieso sollte er so etwas Gemeines tun?« Tränen liefen nun ihre Wangen herunter.

»Frau Hettinga«, sagte Evert, doch sie unterbrach ihn.

»Nein, Sie hören mir jetzt zu! Sie kommen zu mir und behaupten, ich hätte Jakob verfolgt oder belästigt. Ich! Ich habe für ihn noch Gefühle gehabt, ja und? Ist das etwa verboten? Ich liebte ihn und er ist jetzt tot und weg und ...« Sie weinte nun. »Er ist tot und ich werde ihn nicht wiedersehen können ...«

Evert tauschte einen Blick mit Wiebke aus und sagte: »Es tut mir leid, Frau Hettinga. Unsere Arbeit erfordert es auch, solche Fragen zu stellen, ohne Rücksicht auf die Gefühle der Leute. Ein Mann ist tot, wie Sie richtig festgestellt haben, und das müssen wir aufklären.«

Sie zog aus der Hosentasche ein Papiertaschentuch und schnäuzte sich.

»Ja, das verstehe ich«, sagte sie und beruhigte sich ein wenig. »Ich will Ihnen ja gern helfen. Aber wer immer das Ihnen so gesagt hat, stellt es falsch dar.«

»Gäbe es jemanden, der involviert war und das bestätigen kann?«, fragte Evert.

»Nein, ich weiß nicht, wen ich da zu meiner Entlastung heranziehen kann«, meinte sie.

»Gut, das wäre dann erstmal auch alles von uns«, sagte Wiebke.

Sie gingen, gefolgt vom Hund, aus der Wohnung heraus und zurück zum Wagen.

Als Wiebke die Autotür geschlossen hatte und den Motor startete, sagte sie zu Evert: »Ich glaube, so wird das nichts.«

137

»Was meinst du? Oma Tieske hat sie identifiziert, und ihr gegenüber hat Tjake Hettinga andere Aussagen getätigt.«

»Das mag sein, aber wir haben hier eine klassische Situation, in der Aussage gegen Aussage steht. Wir kommen nicht weiter, wenn wir nur darauf beharren, dass sie ihre Aussage ändert. Selbst wenn sie die ändert, beweist das nichts, nur dass sie uns nicht die Wahrheit gesagt hat. Das bringt uns bei unserer Arbeit erstmal nicht weiter.«

»Du hast recht«, sagte Evert. »Ich verrenne mich da vielleicht etwas. Was schlägst du vor?«

»Wir sollten zurück ins Büro und nochmal von vorne anfangen und sehen, ob wir einen anderen Ansatz probieren sollten.«

»Okay, machen wir das. Aber mal ehrlich, denkst du nicht, dass Frau Hettinga irgendwas vor uns verbirgt? Sie klang, als würde sie nicht die volle Wahrheit sagen.«

»Ich denke, wir haben vor allem Oma Tieskes Aussage. Wir sollten den Fall nochmal neu angehen und gegebenenfalls auch erstmal weitere Befragungen durchführen. Wir haben noch nicht mit allen Gästen gesprochen. Vielleicht können wir ja belegen, dass Tjake Hettinga ihn vergiftet hat, vielleicht irren wir uns auch völlig. So oder so, wir brauchen belastbare Fakten.«

Evert seufzte. Er wusste, dass seine Kollegin recht hatte.

»Also gut«, sagte er.

Sie fuhren zurück nach Aurich. Unterwegs besprachen sie nochmal, was sie über den Fall wussten.

Als sie in Aurich angekommen waren, begannen sie die Liste der Kunden von Jakob Tebben durchzuarbeiten. Möglicherweise gab es hier ja eine Überschneidung mit der Gästeliste der Feier. Während Wiebke sich der Liste widmete, fing Evert an, alles über Deetje Waalkes herauszufinden und noch einmal mit einigen der Gäste zu telefonieren, um ein besseres Bild von dieser Frau zu bekommen. Sollte Jakob Tebben vorgehabt haben, ihr Arrangement zu beenden, hätte sie genauso ein

138

gutes Motiv gehabt wie wenn die beiden doch eine Affäre gehabt hatten.

Nach einem dieser Anrufe legte Evert den Hörer weg und streckte sich ein wenig. Er griff in seine Manteltasche, in der er noch immer die Tüte mit Fruchtgummis hatte, die er bei Oma Tieske gekauft hatte. Leider war die Tüte schon leer, wie er feststellen musste.

Er sah zu Fiete, der neben ihm lag. Der Hund hatte schon seit einiger Zeit nichts mehr von sich hören lassen. Erst dachte Evert, dass der schwarze Labrador Retriever schlief, doch das passte gar nicht zu seiner Atmung.

Fiete lag mit geschlossenen Augen, den Kopf auf den Vorderpfoten, und atmete schnell. Sein Brustkorb hob und senkte sich, als wäre er gerannt.

Evert runzelte die Stirn und stand auf. Fiete reagierte nicht, als er sich zu ihm herunterbeugte und seine Hand auf die Flanke des Tieres legte.

Das Herz des Hundes raste.

»Was ist los?«, fragte Wiebke, die bemerkte, dass etwas nicht in Ordnung war, als Evert sich seinen Mantel anzog und den Hund hochhob.

»Er reagiert nicht. Ich fahre kurz mit ihm zu Dr. Lammer. Das ist der Tierarzt, zu dem wir sonst gehen. Das ist nur einige Straßen von hier.«

»Ich komme mit und fahre dich«, sagte Wiebke. »Wir haben eh noch keine Pause gemacht und mit dem Auto bist du schneller. Es ist schon Nachmittag und der Arzt macht vielleicht bald zu. Wenn es keinen Parkplatz gibt, kann ich dich rauslassen.«

»Danke«, sagte Evert, als sie heruntergingen und sich ins Auto setzten.

Sie fuhren los und Evert erklärte Wiebke, wie sie zu der Praxis von Dr. Lammer kamen.

Dort angekommen, fanden sie sofort einen Parkplatz und gingen in die Praxis. Als sie eintraten, sah die Tierarztpraxishelferin nicht von ihren Unterlagen auf.

»Bitte setzen Sie sich kurz ins Wartezimmer, wir haben heute einige Notfälle.«

»Dann haben Sie einen mehr«, sagte Evert. »Mein Hund ist apathisch.«

Die Frau sah auf und trat zu ihm. Sie tastete den immer noch schwer atmenden Hund ab und versuchte, seine Augen zu öffnen. Der Labrador Retriever reagierte nicht.

»Gut, gehen Sie in Zimmer zwei. Dr. Lammer ist gleich für Sie da.«

Evert nahm den Hund auf den Arm und Wiebke öffnete ihm die Tür den Flur herunter, auf der eine große Zwei angebracht war. Fiete war nicht ganz leicht, aber Evert wollte, dass es schnell ging. Es war nicht das erste Mal, dass er den Hund anheben musste.

Mittig im Raum stand ein Metalltisch, auf den Evert den Hund absetzte.

Fiete sackte einfach in sich zusammen und rollte sich ein. Er atmete noch immer ziemlich schnell. Seine Zunge hing heraus und er hechelte.

Evert strich ihm über die Flanke. Er spürte den Herzschlag des Hundes und hörte, wie der Magen des Tieres erzitterte.

»Vorsichtig«, sagte Evert zu Wiebke, die nahe dem Kopf des Labrador Retrievers stand. »Geh da weg.«

»Wieso?«, fragte sie und folgte der Anweisung. Sie trat zur Seite, während Evert sich umsah und nach einer kleinen Edelstahlschale griff. Er packte sie und hielt sie gerade noch rechtzeitig unter die Schnauze von Fiete, bevor er sich übergab. Evert hatte gespürt, dass der Hund kurz davor stand.

»Darum«, sagte Evert. In diesem Moment ging die Tür zum Behandlungszimmer auf und ein älterer Mann mit breiten Schultern und Glatze kam herein. Er hatte ein freundliches Lächeln und eine dicke Brille auf. Insgesamt war er mehr als einen ganzen Kopf kleiner als Evert und wirkte stämmig.

»Na, moin Herr Brookmer«, sagte Dr. Lammer und sah die Schüssel mit dem Erbrochenen. »Und vielen Dank dafür. Das spart mir das Putzen.« Er schloss die Tür hinter sich, nahm Evert die Schüssel ab und stellte sie weg.

Dr. Lammer schob Evert ein wenig zur Seite und begann den Hund abzutasten und mit dem Stethoskop abzuhören.

»Wann hat das angefangen?«

Evert erklärte ihm, wie er es bemerkt hatte.

»Hat er irgendwas gefressen, was er nicht soll?«, fragte der Arzt.

»Sie wissen, ich ermittle bei der Mordkommission. Der Hund war mit in der Wohnung einer Verdächtigen.« Evert berichtete, wie Fiete sich in der Küche von Tjake Hettinga umgesehen und dann ein schmatzendes Geräusch von sich gegeben hatte. Evert war sich sicher, dass sein Hund irgendetwas gefressen hatte.

Wiebke bemerkte: »Kann das Fingerhut gewesen sein?«

»Wie bitte?«, fragte Dr. Lammer. »Den hat er gefressen?«

»Wie gesagt, nicht, dass wir es gesehen haben«, sagte Evert. »Aber es ist möglich, dass er damit bei der Verdächtigen in Kontakt kam. Wenn sie vielleicht etwas von dem Gift herumliegen hatte …«

»Gut, gehen Sie mal ins Wartezimmer und schicken mir meine Sprechstundenhilfe. Übergeben hat sich der Hund schon, jetzt sehen wir zu, dass wir ihn an den Tropf hängen.«

»Kann ich nicht …«, meinte Evert, doch Wiebke legte ihm den Arm auf die Schulter.

»Lass den Mann seine Arbeit machen«, meinte sie.

»Sie haben den Doktortitel im falschen Gebiet, Herr Brookmer. Hier kann ich Angehörige gerade nicht gebrauchen.«

Evert nickte und ging mit Wiebke aus dem Zimmer. Er informierte die Sprechstundenhilfe, die in den Behandlungsraum eilte und die Tür hinter sich schloss.

Evert und Wiebke setzten sich ins Wartezimmer.

»Wenn Fiete tatsächlich bei Tjake Hettinga Fingerhut gegessen hat, haben wir den Beweis, dass sie es war«, sagte Wiebke.

Evert sah immer wieder ungeduldig zur Tür des Behandlungsraumes.

»Es wäre ein starkes Indiz, kein Beweis. Auf jeden Fall hat er irgendwas bei ihrer Küchenzeile gefunden. Ich hätte ihn nicht so aus den Augen lassen sollen.«

»Du warst dabei, deine Arbeit zu machen, und der Hund ist gut erzogen. Dich trifft keine Schuld.«

»Und wenn es etwas anderes ist?«, fragte Evert. »Er könnte auch irgendetwas anderes nicht vertragen haben.«

»Das ist doch dein Stammarzt für den Hund, oder?«, fragte Wiebke.

»Ja.«

»Dann ist er in guten Händen, oder nicht?«

»Du hast recht«, sagte Evert und atmete tief durch. »Ich kann jetzt eh nichts tun. Dr. Lammer muss nun alles Weitere entscheiden.«

»Genauso ist es.«

Sie saßen eine Weile schweigend da und warteten, bis Dr. Lammer endlich ins Wartezimmer kam.

»Wie geht es ihm?«, fragte Evert.

»Ihr Hund scheint erstmal stabil zu sein«, sagte der Arzt. »Wir haben den Magen ausgepumpt und ihn an einen Tropf gehängt. Unabhängig davon, ob es eine Fingerhutvergiftung ist oder doch irgendein anderes Gift, hilft das. Ich habe schon viele vergiftete Hunde gesehen. Sie glauben nicht, was Ihr Tier alles in einem unbeobachteten Moment zu sich nimmt. Erst letzte Woche hatte ich einen Schäferhund, der Rattenköder gefressen hat. Trotz ihrer hervorragenden Nase sind Hunde da oft gieriger, als gut für sie ist.«

»Es beruhigt mich, dass er stabil ist«, sagte Evert und hatte tatsächlich das Gefühl, als würde ihm ein Gewicht von den Schultern genommen. »Kann ich zu ihm?«

»Können Sie. Ich werde ihn aber noch eine Weile hierbehalten müssen. Je nachdem, wie es mit ihm weitergeht, würde ich mich dann bei Ihnen melden und sagen, ob Sie ihn abholen und selbst betreuen können. Das ist im Allgemeinen immer das Beste für Tier und Halter.«

»Sie sind sich aber sicher, dass er vergiftet wurde?«, fragte Wiebke.

»Die Symptome sind eindeutig«, erklärte der Arzt. »Ich würde mich sehr wundern, wenn es nicht in der einen oder anderen Form eine Vergiftung mit etwas war.«

»Können Sie auch sagen, womit er vergiftet wurde?«, fragte Wiebke.

»Darauf wollte ich noch zurückkommen. Verstehe ich das richtig: Sie haben im Rahmen Ihrer Arbeit mit einem Giftmord mit Fingerhut zu tun und deswegen auf Fingerhut getippt? Das war nämlich sehr spezifisch, und normalerweise bin ich froh, wenn die Leute nur mitbekommen haben, dass ihr Hund irgendwas beim Spaziergang im Wald gefressen hat.«

»Wir waren bei einer Person, die wir eines Giftmordes mit Fingerhut verdächtigen«, sagte Wiebke, ohne zu viele Informationen preiszugeben.

»Nun, die Symptome passen zu Fingerhut, da Ihr Hund ziemliches Herzrasen hatte. Es ist keineswegs der erste Hund, den ich mit einer Digitalisvergiftung auf dem Tisch hatte. Allerdings hatte der letzte etwas vom Herzmedikament seines Herrchens gefressen. Gefährlich war das aber trotzdem. Wenn Sie wollen, kann ich dem Hund eine Blutprobe abnehmen und das analysieren. Das würde ich sowieso empfehlen, um sicherzugehen, dass wir nicht noch weitere Maßnahmen einleiten müssen.«

»Bitte, tun Sie das«, bestätigte Evert.

»Da müssen Sie aber zuzahlen«, sagte Dr. Lammer.

»Daran soll es nicht scheitern«, gab Evert zurück. »Wie schnell könnten Sie so ein Testergebnis liefern?«

»Wir haben das Labor ja quasi im Haus, das sitzt eine Etage drüber. Der Kollege arbeitet heute nicht mehr lange, aber wenn ich ihn bitte, es für die Polizei zu machen, könnte er einen etwas unzuverlässigen Test in einer guten Stunde fertig bekommen. Für ein gerichtsfestes Gutachten brauchen wir mehr Zeit.«

»Dann machen Sie das bitte. Es wäre wichtig für die Aufklärung eines Mordfalles«, sagte Evert.

»Es ist wichtig, dass ich den Fingerhut bestätige, oder? Dann schau ich mal, ob wir im Mageninhalt auch hohe Werte finden. Dann haben Sie gleich zwei Kontrollwerte, zusammen mit dem Blut.«

»Danke«, sagte Evert.

»Kein Problem.«

»Sagen Sie«, erkundigte sich Wiebke. »Wie lange braucht das Gift, um eine Reaktion hervorzurufen?«

»Was meinst du?«, fragte Evert.

»Du gehst davon aus, dass es bei Frau Hettinga war. Aber der Hund war auch im Garten von Frau Coordes. Mit dem Kind«, erklärte Wiebke.

Evert musste ihr zustimmen.

»Sollte der Hund sich oral vergiftet haben, brauchen die Wirkstoffe einige Zeit, bis er darauf reagiert«, erklärte der Arzt. »Es dauert gut eine halbe bis ganze Stunde, bis der Fingerhut im Verdauungstrakt weit genug ist, damit das Gift seine Wirkung entfalten kann. Die Letalität ist sehr hoch. Wenige Gramm können bereits tödlich sein bei einem Hund von Fietes Größe.«

Evert erklärte ihm, um wie viel Uhr sie bei Frau Hettinga gewesen waren und wie der Hund dann eine Weile neben ihm im Büro gelegen hatte.

»Das kann schon hinkommen«, sagte der Arzt daraufhin. »Na ja, jetzt kommen Sie mal mit.«

Er führte sie zurück ins Behandlungszimmer. Fiete lag noch immer auf dem Tisch und hatte nun neben sich ein Gestell stehen, an dem ein Tropf hing. In einem der Beine des Hundes steckte eine Kanüle, die ihn mit Flüssigkeit versorgte. Fietes Kopf lag wie schlafend auf seinen Vorderpfoten.

Neben dem Behandlungstisch stand eine Hundebox, in die sie Fiete vermutlich gleich hereinlegen würden, damit er nicht vom Tisch fallen konnte.

Evert ging zum Labrador Retriever und streichelte ihm den Kopf. Fiete zuckte leicht, reagierte aber sonst nicht.

»Er ist jetzt vermutlich sehr müde«, sagte Dr. Lammer. Er nahm aus einer Schublade eine Spritze und entnahm dem Hund eine Blutprobe. Auch darauf reagierte Fiete kaum.

»Ich komme bald wieder«, sagte Evert zu seinem Hund. »Es wird alles gut.«

Er strich ihm über den Kopf und sah zum Arzt. »Sie rufen dann an?«

»Mache ich, genauso wie wegen des Bluttests. Sie können beruhigt gehen. Jetzt können Sie erstmal sowieso nichts tun.«

Evert nickte.

»Ich weiß«, sagte er. Er und Wiebke verabschiedeten sich von Dr. Lammer und verließen die Praxis. Anschließend fuhren sie zurück zur Polizeiwache.

*

Als sie das Großraumbüro betraten, fragte ihr Kollege Klaas: »Wo seid ihr denn gewesen? Da ist man einmal kurz in der Teeküche …«

»Wir waren beim Tierarzt, Fiete ging es nicht gut«, sagte Evert und fasste seinem Kollegen das Geschehene zusammen.

»Wenn Fiete wirklich mit Fingerhut vergiftet wurde, könnten wir so Tjake Hettinga festnehmen. Es ist nur ein Indiz, aber immerhin ein deutliches, oder?«, meinte Klaas.

»Aber wie willst du beweisen, dass sich der Hund bei ihr vergiftet hat?«, meinte Wiebke.

»Wir haben unsere beiden Aussagen. Damit könnten wir Abbo vielleicht überzeugen«, sagte Evert.

»Was zu tun?«, fragte Abbo, der den Raum betrat. »Für was haben wir eure beiden Aussagen, mit denen ihr mich überzeugen wollt?«

Evert erklärte ihm seine Theorie.

»Du denkst also, dein Hund hat sich bei Frau Hettingas Befragung vergiftet?«

145

»Ja. Möglicherweise hat sie den Fingerhut getrocknet oder anderweitig vorbereitet, um Jakob Tebben zu vergiften. Wenn das der Fall ist, hat sie möglicherweise einfach etwas auf dem Boden liegen gelassen. Fiete hat es abgeleckt. Wäre es möglich, eine Hausdurchsuchung anzuordnen?«

Abbo steckte die Hände in seine Anzugtaschen und sah Evert nachdenklich an.

»Evert, das ist sehr dünn«, begann er und hob kurz den Zeigefinger: »Die Unverletzlichkeit der Wohnung ist ein hohes Gut. Ich weiß nicht, ob mir ein Richter in dieser Sache grünes Licht gibt.«

»Nicht mal mit einem positiven Test des Tierarztes auf Fingerhut?«, fragte Evert. »Abbo, woher soll Fiete das Gift sonst im fraglichen Zeitraum bekommen haben? Viel in der Natur unterwegs war ich nicht mit dem Hund!«

Polizeirat Abbo Tichels musterte Evert. »Wenn der Tierarzt das bestätigt, spreche ich mit einem Richter über einen Durchsuchungsbefehl. Bis ihr aber eine Rückmeldung vom Arzt bekommt, werdet ihr weiter ermitteln. Es kann immer noch sein, dass du dich irrst.«

»Natürlich«, stimmte Evert zu.

Abbo ließ sie allein und die drei begannen wieder mit der Arbeit.

Kapitel 12

Evert legte den Hörer auf.

»Das war Dr. Lammer«, sagte er. »Das Labor hat bestätigt, dass in der Blutprobe eine große Menge an Digitalis-Glykosiden zu finden ist. Entweder hat Fiete ein Herzmedikament für Menschen zu sich genommen oder aber Fingerhut.«

»Dann lass uns schnell mit Abbo reden«, sagte Wiebke.

Sie beeilten sich, in das Büro ihres Vorgesetzten zu kommen. Nachdem Polizeirat Abbo Tichels über die neuen Erkenntnisse informiert worden war und die Rücksprache mit dem Gericht gehalten hatte, gab er grünes Licht.

Kurz darauf fuhren Wiebke und Evert in einem Dienstwagen zu Tjake Hettinga. Ihnen folgte Klaas mit einem Kollegen im Wagen. In Emden stieß dann ein weiterer Dienstwagen der örtlichen Polizeidirektion zu ihnen, die sie bei der Durchsuchung unterstützen sollte.

Tjake Hettingas Auto stand in der Einfahrt. Sie parkten den Wagen mit ihren Dienstfahrzeugen zu, stiegen aus und gingen zum Wohnungseingang. Evert betätigte die Klingel.

Es dauerte einen Moment und Evert war versucht, einen der Kollegen ums Haus zu schicken, damit er durchs Fenster hineinsah. In diesem Augenblick öffnete die Frau aber die Tür und sah überrascht zu den Polizisten vor ihrem Eingang.

»Frau Hettinga, wir haben hier einen amtlichen Durchsuchungsbeschluss für Sie«, sagte Wiebke und reichte der Frau das Schreiben.

»Was?«, fragte sie irritiert und nahm es entgegen.

»Wir haben einen Durchsuchungsbeschluss für Ihre Wohnung. Sie werden verdächtigt, Jakob Tebben umgebracht zu haben.«

»Wie kommen Sie darauf?«, fragte sie, als sie das Schriftstück überflogen hatte.

»Sie erinnern sich, dass wir mit einem Hund hier waren, oder?«

»Ja?«, fragte sie vorsichtig.

147

»Dieser hat sich vergiftet und ist aktuell beim Tierarzt«, erklärte Evert.

»Das ist furchtbar, geht es ihm gut?«, wollte Tjake Hettinga wissen.

»Ja. Interessant ist aber, womit er sich vergiftet hat. Mit einer Überdosis Digitalis-Glykosiden, wie sie in Fingerhut vorkommen. Es handelt sich dabei um eben jenen Stoff, durch den Jakob Tebben zu Tode kam.«

»Manchmal gibt es echt Zufälle«, sagte sie.

»Wir waren heute schon mal hier und mein Hund hat etwas aufgesammelt. Erinnern Sie sich?«

»Ich weiß nicht mehr«, sagte sie und sah misstrauisch von Evert zu den Polizisten hinter ihm.

»Wir gehen davon aus, dass der Hund sich hier in Ihrer Wohnung vergiftet hat. Darum wurde der Durchsuchungsbeschluss ausgestellt«, erklärte Evert. »Lassen Sie uns jetzt bitte herein.«

»Ich habe ja wohl kaum eine Wahl«, sagte sie und ging ins Wohnzimmer.

Sie gingen bis auf Klaas alle in die Wohnung. Während einer der Kollegen aus Emden auf die Verdächtige aufpasste, begannen sie die Räume zu durchsuchen.

»Sieht so aus, als hätten Sie packen wollen«, stellte Evert fest, als er einen Blick ins Schlafzimmer warf. Dort lag ein großer Koffer aufgeschlagen, der beinahe komplett gefüllt war. »Wollten Sie verreisen?«

»Das ist ja nicht verboten, oder?«, meinte Frau Hettinga und verschränkte die Arme vor der Brust.

»Ist es nicht«, sagte Evert.

»Wohin wollten Sie?«, fragte Wiebke.

»Was geht Sie das an?«

»Nun, wenn Sie fliehen wollten, wäre das etwas, das uns angeht«, erklärte Evert.

»Ich wollte nicht fliehen, nur in den Urlaub fahren.«

»Wo soll's denn hingehen?«, ließ Evert nicht locker.

»Nach Amsterdam«, sagte sie.

148

»Eine schöne Stadt. Bis wann wollten Sie verreisen?«

»Ich weiß noch nicht. Mal sehen. Einige Tage.«

»Mit so viel Gepäck?«, fragte Wiebke. »Das ist ziemlich viel.«

»Ich habe gern Auswahl, und vielleicht reise ich ja noch weiter. Ich wüsste nicht, dass meine Kleidungsauswahl hier zur Diskussion steht!«

»Das habe ich in der Biomülltonne gefunden«, sagte Klaas und kam mit einer Probentüte voller Pflanzenreste herein. Die roten Blütenblätter von Fingerhut waren gut erkennbar. Die restlichen Blätter der Pflanze waren bis auf die Blüten alle abgezupft.

»Frau Hettinga, ist das Fingerhut?«, fragte Evert.

»Ja, das ist möglich … und?«, fragte Frau Hettinga. »Ich habe den im Garten. Sie haben nicht danach gefragt und ich wüsste nicht, dass es verboten ist. Ich reiße den immer aus, weil eine Freundin mit ihrem kleinen Sohn oft bei mir zu Besuch ist, und ich habe Sorge um das Kind.«

»Das kann ich irgendwie nicht glauben«, sagte Klaas. Er hob nun einen kleinen Karton hoch.

»Was ist das?«, fragte Wiebke.

»Erfahrungsgemäß verraten die Leute immer eine Menge durch ihren Müll. Der hier ist aus der Papiermülltonne. Das ist eine Packung mit Leerkapseln aus Gelatine, oder genauer die Umverpackung. Wozu benötigen Sie die, wenn wir fragen dürfen?«

»Das … kann ich erklären«, sagte Frau Hettinga.

»Ich bitte darum«, sagte Klaas.

»Ich mache mir damit immer selbst Kapseln«, sagte sie. »Also ich mache mir damit kleine Koffeinmengen, weil die Tabletten, die man kaufen kann, mir zu stark sind. Aber für einen langen Tag in der Schule kann ich kleine Mengen gut gebrauchen. Die sind verträglicher.«

»Dann haben Sie sicher eine Koffeintablette hier irgendwo, um das zu belegen, oder?«, fragte Evert.

»Nein, die sind alle.«

149

Ihr Blick ging mehrmals an Evert vorbei zu ihrem Gepäck. Er hatte das durchaus bemerkt. Evert kannte diese Reaktion aus seiner Zeit beim dualen Polizeistudium in Münster. Verdächtige sahen unbewusst oft genau dahin, wo sie nicht wollten, dass jemand daran ging.

»Gut, wir machen dann weiter«, sagte Evert. Er wandte sich als Nächstes dem Gepäck von Frau Hettinga zu. Als er es durchsah, entdeckte er eine kleine Dose, in der sich Kapseln befanden.

»Oh, Sie haben doch noch welche, Frau Hettinga«, sagte er über die Schulter. »Ist es in Ordnung, wenn ich mir eine nehme? Es war ein langer Tag und wir sollen ja hier so schnell fertig werden, wie es geht, oder?«

Tjake Hettinga stammelte etwas. Evert nahm eine Kapsel aus der Dose. Er hob sie zum Mund.

»Nein«, sagte sie.

»Bitte?«, fragte er.

»Ich will nicht, dass Sie das tun.«

»Wieso nicht?«, erkundigte sich der Ermittler.

»Weil das nur meine sind.«

Evert trat zu ihr.

»Frau Hettinga, wir können diese Kapseln im Labor analysieren lassen. Dann wissen wir, was drin ist. Einfach eine nehmen darf ich nicht ohne Ihre Genehmigung, aber analysieren lassen liegt durchaus im Rahmen unserer Befugnisse.«

»Sie können analysieren, soviel Sie wollen.«

»Sie wollten nicht, dass ich die Kapsel schlucke, weil Sie wissen, dass der Inhalt giftig ist, oder?«, fragte Evert.

Er sah sie ruhig an. Tjake Hettinga begann zu weinen. Hatte sie die Arme eben noch vor der Brust verschränkt, sah es nunmehr so aus, als würde sie sich selbst festhalten.

»Gut. Wir nehmen eine davon mit und analysieren sie. Dann sehen wir weiter.«

Klaas reichte Evert einen Probenbeutel. Tjake Hettinga stand schweigend da, während Evert weiter mit seinen Kollegen das

Haus durchsuchte. Tjake Hettinga ging zu Wiebke und fragte: »Ist der Hund wirklich vergiftet worden?«

»Ja«, bestätigte die Kriminalkommissarin.

»Geht es dem Hund gut?«, fragte Tjake Hettinga erneut.

»Wir hoffen, er übersteht es.«

Tjake Hettinga schwieg kurz. Wiebke hörte mit der Arbeit auf und sah die Frau an. Evert, der einige Schritte entfernt stand, hörte genau zu, unterbrach aber seine Arbeit nicht. Er wollte den stillen Moment zwischen den beiden Frauen nicht stören. Er hatte das Gefühl, dass Frau Hettinga mit sich rang zu gestehen.

»Sie sind sich sicher, dass es Fingerhut war, der den Hund vergiftet hat?«, fragte sie.

»Ja, wir haben einen Laborbefund, der das bestätigt«, sagte Wiebke.

»Das tut mir sehr leid. Das alles tut mir sehr leid.«

»Frau Hettinga«, sagte Wiebke. »Wenn Sie etwas zu sagen haben, sagen Sie es bitte. Es kann sich sehr vorteilhaft auf Ihr Strafmaß auswirken, wenn Sie gestehen.«

»Was wohl die Kinder in der Schule denken werden, wenn Ihre Lehrerin ins Gefängnis muss?«, fragte Tjake Hettinga mehr zu sich selbst als zu Wiebke.

»Ein Vorbild für andere übernimmt Verantwortung für seine eigenen Taten, oder?«, gab Wiebke zurück.

Tjake Hettinga schluckte. Ihr liefen Tränen aus den Augen. »Es tut mir sehr leid«, sagte sie.

»Was genau meinen Sie?«

»Alles!«, platzte es nun aus ihr heraus, und die anderen Polizisten hörten mit dem Durchsuchen der Wohnung kurz auf. »Alles tut mir leid! Ich habe ihn da liegen gesehen. Ich wollte das nicht. Ich wollte das nicht …«

»Frau Hettinga«, fragte Wiebke. »Was wollten Sie nicht?«

Tjake Hettinga weinte nun hemmungslos.

»Ich habe ihn da liegen gesehen. Ich habe nach der Feier gewartet und dann gesehen, wie er rausging, wie er spazieren ging, und dann habe ich überlegt, ob ich den Arzt rufen soll,

151

aber ich wollte ja nicht, dass man mich beschuldigt, und er sah so schmerzerfüllt zu mir«, brachte sie zwischen den Tränen hervor.

»Frau Hettinga, der Reihe nach bitte«, sagte Evert, während Wiebke ihr ein Taschentuch reichte. Sie weinte weiter und nach einiger Zeit schien sie sich ein wenig zu beruhigen.

»Sie haben also Jakob Tebben getötet«, sagte Evert. »Sie haben ihn mit Fingerhut vergiftet. Richtig?«

»Ja«, wimmerte sie. »Und ich kann seit Tagen nicht gut schlafen deswegen.«

»Wie haben Sie es angestellt? Haben Sie sein Essen vergiftet?«

»Ja, ich habe Fingerhut in meinem Garten. Den mache ich wirklich immer weg, wegen des Kindes einer Freundin. Ich habe ein wenig davon getrocknet und gemahlen. Im Studium habe ich mir selbst manchmal Koffeintabletten gemacht, und so kam ich auf die Idee, eine Kapsel mit Fingerhut zu füllen. Ich wollte ihm die unterjubeln. Aber das war gar nicht nötig. Ich wusste nicht genau, wie es passieren sollte. Ich hatte auch zusätzlich gemahlenen Fingerhut dabei, um ihm den in den Kaffee zu streuen. Als ich bei der Feier sah, was es zu essen gab, habe ich einfach eine Portion mit Limettenpudding mit gemahlenem Fingerhut bestreut. Der Pudding war perfekt dafür, da er mit der geriebenen Limettenschale verziert war und man so die gemahlenen Fingerhutblätter gar nicht bemerkte. Ich habe kurz nicht aufgepasst und der besoffene Habbo hat mir die Schale aus der Hand genommen und ist damit weggegangen. Ich musste noch eine Schale präparieren. Die habe ich dann Jakob gegeben. Darum konnte ich ihm auch nicht helfen. Er hätte gewusst, dass ich es war!«

»Wann konnten Sie ihm nicht helfen?«

»Nachdem ich gegangen bin, habe ich lange im Auto gesessen. Ich war wie versteinert. Ich konnte nicht wegfahren. Irgendwas in mir wollte nicht wegfahren. Da sah ich, wie Jakob rausging. Er ging zum See. Ich bin ihm gefolgt. Er torkelte und hatte sein Hemd geöffnet. Er sah nicht gut aus.

Dann fiel er in den See und trieb da. Ich habe eine Weile am Rand des Ottermeeres gestanden und nicht gewusst, was ich tun sollte! Der Mond schien auf sein Gesicht. Es war vollkommen reglos und er sah so leidend aus. Ich dachte, es geht schneller. Ich dachte, er ist einfach tot.«

Sie weinte erneut.

»Wieso haben Sie es getan, Frau Hettinga? Das verstehe ich nicht«, sagte Evert. »Wieso wollten Sie ihn nach zwanzig Jahren umbringen?«

»Waren Sie schon mal unglücklich verliebt, Herr Brookmer?«

»Ja, war ich.«

»So sehr, dass es nach all den Jahren immer noch wehtut, dass Sie nicht mehr zusammen sind?«

Evert überlegte, bevor er antwortete, und sagte ehrlich: »Nein. Es hat nicht funktioniert, und es schmerzt, dass man keinen gemeinsamen Weg gefunden hat. Ein wenig schmerzt es vielleicht auch, dass man in jemandem etwas gesehen hat, was nie da war, und man sich so sehr geirrt hat. Aber das ist wie eine verheilte Wunde, etwas, das man meistens völlig vergisst.«

»Nun, meine Wunde blutete noch immer«, gab sie giftig zurück. »Jakob war der richtige Mann für mich. Er war perfekt! Aber er hat mit jeder Frau in Ostfriesland etwas angefangen, nur mich wollte er nicht wieder! Selbst mit Nesa! Mit Nesa hat er etwas angefangen! Ich war immer da. Ich habe immer wieder versucht, seine Aufmerksamkeit zu gewinnen. Und er hat sich immer andere gesucht. Als wäre ich nichts Besonderes. Als wäre das zwischen uns nichts Besonderes!«

»Sie haben ihn also immer wieder angesprochen. Nicht nur vor einem Jahr«, sagte Evert.

»Ja, und wissen Sie, was er vor einem Jahr sagte? Er würde nie wieder was mit mir anfangen, weil ich Hilfe bräuchte, und die könnte er mir nicht geben. Ich sollte mich von ihm fernhalten oder er würde zur Polizei gehen! Nur weil ich ihn ein paar Mal abends nach der Arbeit getroffen habe. Ich habe halt geschaut, wo er so hinfährt, und habe ihm einen Kaffee oder ein Stück Kuchen mitgebracht, und er meinte, meine kleine Aufmerksamkeit sei nicht mehr normal. Ich? Nicht mehr normal? Er ist nicht normal, dass er es mit keiner Frau lange aushält!«

»Wieso entschieden Sie sich dann, ihn umzubringen?«

»Ich wollte mir und den anderen Leid ersparen. Seine Frau hätte er auch verlassen. Ganz sicher. Ich habe ihn beobachtet. Ich weiß, dass er bei Deetje war, fast jede Woche. Er war bei ihr und hatte mit ihr eine Affäre. Dabei habe ich mich ihm gegenüber sogar bereit erklärt, dass er sich nicht sofort von seiner Frau trennen muss, wenn er mit mir zusammen sein will. Ich bin ja bereit, Kompromisse einzugehen! Aber er sagte mir vor einem Jahr, ich brauche Hilfe.« Sie ballte die Hände zu Fäusten. »Da reifte die Idee in mir. Meine Wunde kann nicht verheilen. Meine Wunde blutet seit zwanzig Jahren, und ich kann nicht heilen, weil er der Dorn ist, der sie immer wieder aufreißt. Also musste ich den Dorn entfernen. Er musste weg sein. Dann ginge es mir besser. Ich dachte, dann geht es mir besser.«

»Hat es geholfen?«, fragte Evert.

»Nein. Jetzt ist er fort, und wenn ich die Augen schließe, sehe ich ihn im Ottermeer liegen. Obwohl ich einige Meter entfernt stand, sah ich sein Gesicht ganz nahe. Es hat sich regelrecht eingebrannt. Dieser Blick ...« Erneut liefen ihr Tränen über die Wangen.

»Frau Hettinga, ich verhafte Sie hiermit wegen des Mordes an Jakob Tebben«, sagte Evert und zog seine Handschellen.

Er und Wiebke führten die weinende Frau zum Dienstwagen. Als Evert sie auf die Rückbank gesetzt hatte und die Tür schließen wollte, sagte sie: »Tut mir leid, wegen Ihres Hundes.«

Evert sagte nichts dazu.

*

154

Dr. Lammer öffnete die Tür zum Behandlungszimmer. Fiete lag in eine Decke eingerollt in einer Hundebox auf dem Tisch und öffnete die Augen, als Evert hereinkam. Der schwarze Labrador Retriever begann sofort zu wedeln, als er sein Herrchen sah.

»Die nächsten Tage braucht der Hund ein wenig Ruhe und ich will, dass Sie am Freitag nochmal kurz vorbeikommen, um ihn mir zu zeigen«, sagte der Tierarzt. »Aber soweit ich das sehe, hat er nur eine kleine Menge abbekommen und wird bald wieder ganz in Ordnung sein.«

»Vielen Dank«, sagte Evert. Der Arzt verließ den Raum und Evert ging zu Fiete, um den Hund in den Arm zu nehmen.

»Du bist vielleicht ein besserer Spürhund, als dir lieb sein kann«, meinte Evert und strich seinem Hund über den Kopf. Fiete bellte mit geschlossenem Mund, als wollte er zustimmen.

ENDE

Ostfrieslandkrimi-Empfehlungen
des Klarant Verlages

Kennen Sie auch schon die anderen Bände der Ostfriesland-krimi-Serie **»Ein Fall für Brookmer und Jacobs« von Martin Windebruch?**

Zwei gebürtige Auricher Ermittler gehen mit Polizeihund Fiete in Ostfriesland auf Verbrecherjagd! Dabei sind die Kollegen des Polizeikommissariats Aurich zunächst wenig begeistert, einen Theoretiker wie Dr. Evert Brookmer in ihr Team zu bekommen. Evert hat in Kriminologie promoviert, aber von wirklicher Polizeiarbeit hat der junge nach Aurich zurück-gekehrte Kommissar doch keine Ahnung – oder?

Auch die heimatverbundene Kommissarin Wiebke Jacobs, der Evert zugeteilt wird, ist skeptisch, doch sie muss zugeben, dass der Neue mehr draufhat, als sie gedacht hätte. Denn Dr. Brookmer besitzt ein untrügliches Gespür dafür, wie man mit Leuten reden muss, während die introvertierte Wiebke manch-mal etwas zu lange überlegt, bevor sie etwas sagt.

So werden die beiden ostfriesischen Ermittler schon bald zu einem richtigen Team, und wenn sie in einem Fall einmal partout nicht weiterkommen, erhält Evert oft den entscheiden-den Hinweis von Oma Tieske, die in ihrem Kiosk stets über jedes aktuelle Gerücht informiert zu sein scheint.

In der Serie sind bereits folgende Ostfrieslandkrimis er-schienen:

»Auricher Leichen«, Band 1
Taschenbuch-ISBN: 978-3-96586-477-1
eBook-ISBN: 978-3-96586-478-8

»Auricher Geheimnisse«, Band 2
Taschenbuch-ISBN: 978-3-96586-524-2
eBook-ISBN: 978-3-96586-525-9

»Auricher Gier«, Band 3
Taschenbuch-ISBN: 978-3-96586-609-6
eBook-ISBN: 978-3-96586-610-2

»Auricher Betrug«, Band 4
Taschenbuch-ISBN: 978-3-96586-656-0
eBook-ISBN: 978-3-96586-657-7

»Auricher Morde«, Band 5
Taschenbuch-ISBN: 978-3-96586-697-3
eBook-ISBN: 978-3-96586-698-0

»Auricher Tresor«, Band 6
Taschenbuch-ISBN: 978-3-96586-738-3
eBook-ISBN: 978-3-96586-739-0

»Auricher Fische«, Band 7
Taschenbuch-ISBN: 978-3-96586-791-8
eBook-ISBN: 978-3-96586-792-5

»Auricher Zeuge«, Band 8
Taschenbuch-ISBN: 978-3-96586-xxx-x
eBook-ISBN: 978-3-96586-xxx-x

»Auricher Jubiläum«, Band 9
Taschenbuch-ISBN: 978-3-96586-949-3
eBook-ISBN: 978-3-96586-950-9

Klarant Verlag

Lernen Sie die Ostfrieslandkrimi-Titel des Klarant Verlages kennen und besuchen Sie uns im Internet unter:

www.ostfrieslandkrimi.de

und

www.klarant.de

Sie können dort Näheres über unsere Autorinnen und Autoren erfahren, viele weitere interessante Bücher und eBooks finden und Leseproben herunterladen. Mit dem kostenlosen Newsletter auf:

www.ostfrieslandkrimi-lesen.de

erhalten Sie aktuelle Informationen rund um das Verlagsprogramm, wie beispielsweise spannende Neuerscheinungen und Gewinnspiele.